叶嘉莹 著

# 清词选讲

人民文学出版社
PEOPLE'S LITERATURE PUBLISHING HOUSE

著作权合同登记号　图字 01－2022－4556

**图书在版编目（CIP）数据**

清词选讲/叶嘉莹著. —北京：人民文学出版社，2020（2023.3 重印）
ISBN 978-7-02-015732-7

Ⅰ.①清… Ⅱ.①叶… Ⅲ.①词（文学）-诗词研究-中国-清代 Ⅳ.①I207.23

中国版本图书馆 CIP 数据核字（2019）第 201700 号

责任编辑　甘　慧　吕昱雯
装帧设计　汪佳诗

出版发行　**人民文学出版社**
社　　址　**北京市朝内大街 166 号**
邮政编码　**100705**

印　　制　**凸版艺彩（东莞）印刷有限公司**
经　　销　**全国新华书店等**

字　　数　**158 千字**
开　　本　**890 毫米×1240 毫米　1/32**
印　　张　**8.25**
版　　次　**2020 年 1 月北京第 1 版**
印　　次　**2023 年 3 月第 4 次印刷**

书　　号　**978-7-02-015732-7**
定　　价　**79.00 元**

如有印装质量问题，请与本社图书销售中心调换。电话：010 - 65233595

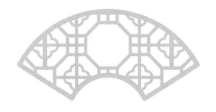

# 目 录

# 序 言

　　清词之盛，号称中兴，其作者之多，流派之盛，以及其对词集之编订整理，对词学之探索发扬，种种方面之成就，固已为世所共见。早在六〇年代中，我已曾经写过《对常州词派比兴寄托之说的新检讨》一篇长文，继之又在八〇年代中写了《对传统词学与王国维词论在西方理论之光照中的反思》，以及《论王国维词》与《论纳兰性德词》诸文，并且对于曾被龙沐勋称誉为"遂开三百年来词学中兴之盛"的云间词人之代表陈子龙的词，也曾写过长文加以论述。凡此种种，当然都表现了我对于清词研读的兴趣。不过，自从五〇年代我开始在台湾各大学讲授诗词诸课以来，直到我于九〇年自不列颠哥伦比亚大学退休为止，三十多年来，我却从来未曾在国内外各大学的诗词课中讲授过清词。这主要是因为一般大学中的词选课，主要都是从唐五代的词讲起，如此依时代次第讲下来，要想把两宋重要的作者讲完，在时间上已经极为紧张，当然根本就不会有机会讲到清词了，谁知就在我退休已经四年之后，我却在被新加坡国大中文系邀去客座讲学的半年中，得到了一个讲授清词的机会。

我之被新加坡国大邀聘，其事盖全出于一次偶然的机缘。原来我曾于一九九三年冬赴吉隆坡，参加马来西亚大学中文系举办的一个国际会议。会议中得识新加坡国大中文系的陈荣照主任，恰巧我三十多年前曾在台大教过的一个学生——王国璎博士正在该系任教，于是我在吉隆坡开完会后，遂应国璎之邀至新加坡旅游。勾留数日，并做了一次讲演。临行前，陈荣照主任遂向我表示了拟于次年邀我前来讲学之意。于是我遂于九四年七月中来到了新加坡。当时我担任的有两门课，一门是研究生的"专家研究"，另一门则是本科三年级的"韵文选读"。后一门课由国璎弟与我合开，她教前半学期，我教后半学期。这一班学生对于唐宋诗词大多已经有了相当的学习经历，所以当我提出想要讲授清词时，就立即得到了系方的同意。新加坡国大沿用英国教学制度，除课堂讲授外，另有辅导课，由教师指定研读主题与参考书目，由学生自行研读，然后分为每十人一组，由教师指导讨论，并写成读书报告交由教师评阅。我担任的后半学期课，一共只有六周，每周的讲授课只有三小时，但因选课的学生差不多有一百二十人，所以每组十人的辅导课却有十二小时之多，我所拟定的教材内容，原为清代词人十四家，依时代先后，计为：李雯、吴伟业、王夫之、陈维崧、朱彝尊、顾贞观、纳兰性德、项廷纪、蒋春霖、王鹏运、文廷式、郑文焯、朱祖谋、况周颐等共十四位作者。但因受时间限制，只能有一半作者由我在课堂中讲授，另一半作者只好由学生自己阅读教材，然后在辅导课中讨论。这一册《清词选讲》所收录的，就是由姚白芳女士根据我在课堂讲授时的录音，所整理出来的文稿。其中所收录的，计共有李雯、吴伟业、陈维崧、朱彝尊、蒋春霖、王鹏运、郑文焯、朱祖谋、况周颐等九位作者，至于其他在辅导课中讨论过的五位作者，则因讨论时多由学生发言，然后才由我回答他们的问题，和指正他们的错误，是以内容颇为零乱。而且辅导课有十二组之多，其中自有不少重复之处，整理起来极为不易，因此未加收录。不过最后我们却增录了另外一位作者，那就是清代常州词派的作者张惠言。本来我并未将张氏列入讲授的计划之中，因为张氏的作品不多，在清词的创作中并不占重要地位。只是我们在讲课中既曾提到了清词中阳羡、浙西，与常州三大流派，因此在介绍了阳羡派的代表作者陈维崧，与浙西派的代表作者朱彝尊之后，所以就也顺便选讲了一首张惠言的词，那就是他的《水调歌头》五首中的第一首。而其后我自新加坡返回温哥华后，有几位当地友人听说我曾在新加坡讲授清词，就要求我也为他们讲一些清代的词。那时我对于才在新加坡讲过的张惠言的一首词，正有一种意犹未尽之感，遂决定把张氏的五首《水调歌头》全组词，做了一次颇有系统的讲评。所以这一位本来未被我列入讲授计划之内的作者——张惠言，如今在这册书中反而占有了最大的篇幅，这原是我始料所未及的。

以上所写，可以说是我对此书内容之讲授的种种机缘。至于这些讲授的音带之得以整理成书，则由音带之整理写录，以至联络出版成书，乃全出于我的一位私淑弟子姚白芳女士之手。这其间也有一些巧合的机缘，本来我身居加拿大，她远在台北，可说是素不相识。但就在我退休后将要应台湾"清华大学"之邀赴台讲学之际，有两位同事好友陈弱水和周婉窈夫妇，向我提起了远在台北的姚白芳女士，说她有心向我学习诗词，我当时也未以为意，及至抵达"清华大学"开始上课以后，白芳遂经常自台北来新竹听课。直到我在台大也开了同样课程，才省去了她在台北与新竹间的往返奔波。其后更巧的则是，当我返回温哥华后，白芳也办了移民加拿大的手续，送她的几个子女来温哥华读书，而且她的住所离我家极近，走路不到十分钟即可抵达，于是她遂经常来我家问学讨论。那时她曾一度想要把我在台湾"清华大学"所开的"清代词学"一课的录音整理成书，但因那也是一门讨论课，学生程度不齐，所提的问题颇为零乱，所以整理起来极为困难，乃终于作罢。及至我赴新加坡国大讲学，她又曾有一次自台北远来新加坡，要求我务必将讲课录音，交给她聆听和整理，她的用功学习、坚持不懈的精神，实在极为使我感动。如今她不仅已将我在新加坡所讲的"清词选读"整理成书，而且已于最近考入了香港的新亚研究所，将从事清词之研究，该所并已来函，邀聘我任其论文指导教师，以她的勤勉向学，和资质的聪慧，相信她在研读方面必会获得很好的成果。

在叙写了此一册《清词选讲》之成书的种种机缘以后，我还想对我最初拟定教材时的一些想法，也略加说明。我所拟定的教材始于历经明清国变的李雯、吴伟业诸人，而终于晚清四家词。我以为清词虽以其创作及研究的种种成果，号称中兴，但是真正促使清词有此种种成果的一个基本因素，却实在乃是自清初直至清末，一直隐伏而贯串于这些词人之间的一种忧患意识。其实早在一九八九年我所写的《论陈子龙词》一文中，我已曾对此一观点有所论述。本来词在初起时，原只是歌筵酒席间的艳曲，然而此种艳曲，却在其早期的发展过程中，由于晚唐五代之时代背景，以及温、韦、冯、李诸词人之身世经历，而于无意间使之具含了一种富于言外之意蕴的特质。其后经历了两宋之发展，虽然在形式上及风格上都有了很大的拓展和变化，但无论其在形式上之为小令或长调，在风格上之为婉约或豪放，总之词之以具含一种言外之意蕴者为美，则仍是词之佳作所要求的一种基本特质。只不过这种潜蕴的特质，一般人对之却并无明显的理论上的认知，明代之词之所以衰落不振，就正因为明代词人对于此种特质缺少了一种深入之体会，而且受了元代以来之散曲与剧曲之影响，对于"词"与"曲"的体制风格之异，未能做出明显的区分，往往以写作小曲的方式来写词，遂使明代之词缺少了深远之意境，纵使偶有灵巧倩丽之作，亦不免浅薄俗率之病。如此相沿至明代末年，云间派词人陈子龙、李雯、宋徵舆诸人，他们早期所写的所谓"春令"之作，也仍然只不过是一些叙写男女柔情的艳歌而已。直到甲申国变以后，经历了切身的家国之痛，才使他们的作品有所改变，加深了词的内容，也提高了词的境界。陈子龙自然是在此种转变之中，最值得重视的一位作者。不过陈子龙乃是为反清复明殉节而死的一位烈士，我们自不应将之再收入清代作者之中。所以龙沐勋所编选的清代词人选集，乃不敢称"清代"，而改称为《近三百年名家词选》，私意以为那就正因为龙氏一方面既明知"开三百年来词学中兴之盛"的作者，乃是云间派词人之陈子龙，但另一方面则他又为了对这位殉节的烈士表示尊重，而不敢妄自将之收入为清代之作者，遂不得不以"近三百年"来称其所选的词集。但不论其名称为何，总之清词之所以有中兴之盛，其最重要的一个原因，实在正是由于明清易代的惨痛国变所造成的结果，这一点乃是不争之事实。不过，每一位词人在国变中之遭遇既各有不同，其性格之反映也各有不同，所以清初词坛乃在国变之后，骤然展现出一种激扬变化的异彩。叶恭绰在其《广箧中词》中，即曾称"清初词派，……丧乱之余，家国文物之感，蕴发无端，笑啼非假。其才思充沛者，复以分途奔放，各极所长"。叶氏这段话是颇为有见的。我所拟定的教材中，李雯、吴伟业、王夫之三人，就分别代表了清初历经国变的几位不同性格与不同遭遇之作者，所展现出的几种不同的风格。至于稍后的陈维崧与朱彝尊两家，虽然在整体的风格上有着颇大的差别，但就其传诵众口的佳作而言，则如朱氏之《水龙吟·谒张子房祠》（当年博浪金椎）、《长亭怨慢·咏雁》（结多少悲秋俦侣）诸作，以及陈氏之《夏初临·本意》（中酒心情）、《沁园春·题徐渭文〈钟山梅花图〉》（十万琼枝）诸作，也都蕴含有不少沧桑易代之悲。此外我所选的顾贞观与纳兰性德二家，则主要以他们为遭戍宁古塔的友人吴汉槎所写的几首《金缕曲》为主，虽非家国之慨，但却同样是一种忧患之思。至于项廷纪与蒋春霖两家，则同为落拓不偶之才人，项氏尝自称其"生幼有愁癖，故其情艳而苦"，不过其所写大多为个人之哀愁，似乏高远之致；而蒋氏则除个人之哀愁外，还有不少反映时代乱离之作，自然也属于一种忧患之意识。继此而后，则我又选了王鹏运、文廷式、郑文焯、朱祖谋、及况周颐数家之作，他们所生的时代，已是晚清多难之秋，自鸦片战争、英法联军、甲午之战，在列强的觊觎之下，中国被迫签订了一系列丧权辱国的国耻条约，继之以戊戌变法的失败，八国联军之攻占北京，于是这些作者们就也把他们伤时感事的哀感，一一反映在了他们的作品之中。而与这一系列清词之发展的忧患意识相配合的，因而在词学中遂也发展出了重视词之言外之意的比兴寄托之说，以及词中有史的"词史"之观念。而词之意境与地位遂脱离了早期的艳曲之拘限，而得到了真正的提高，也使得有清一代的词与词学，成就了众所公认的所谓"中兴"之盛。

以上所写的，乃是我最初编选教材时的一点理念，但可惜的是我的这一点理念，在这一册讲录中却并没有完全反映出来。其中最主要的一个原因自然是由于时间的不足，如我在本文开端所言，这一门"清词选读"只有半学期的课，在教室中所上的讲授课，时间极少，于是我遂不得不把许多作者和作品，都放在了辅导课中，由学生自修，然后辅导讨论，而这一册讲录，则因体例关系，并未能将辅导课的内容纳入其中，因此对于王夫之、顾贞观、纳兰性德、项廷纪，以及文廷式诸人，在这册讲录中乃并无一语及之，除此以外，对于陈维崧与朱彝尊等人的一些长调之作，在课堂中也未曾加以讲授，这一则自然也是由于时间的有所不足，再则也因为其中几首作品，我们在另一班"专家研究"的课程中，也已经辅导阅读过了，所以这册讲录中，就只讲了他们两首短小的令词，凡此种种，当然都是需要这一册书的读者，对之特别加以谅解的。不过相对于这些原在拟定的教材之内，然而却未能在课堂之中讲授的缺憾，我们却在另一方面做出了补偿，那就是我们增录了一位原不在教材计划之内的作者——张惠言，而且因为在讲授张氏之词作时，并没有任何时间之限制，于是遂使我有了比较可以自由发挥的机会，因而遂造成了张氏之词在此一册书中，所占分量为独多的一种不平衡的现象。这种不平衡的现象，一方面固然说明了时间之不足，对我的讲课所造成的是否能畅所欲言的影响；而另一方面，则我以为这种表面不平衡的现象，却也在这册书的内容本质上，于无意间形成了一种巧妙的平衡的效果。因为如我在前文所言，我当初拟定教材时，原是想以忧患意识作为贯串清词之一条主线的，而就中国传统之士人心态而言，则在他们对于国家社稷的"进亦忧、退亦忧"的"以天下为己任"的忧患意识以外，若就个人而言，则他们却原来也有着一种"不以物喜，不以己悲"的超然于个人得失之外的一种"仁者不忧"的境界。而张惠言的五首《水调歌头》，所表现的可以说就正是这样的一种修养境界，而这种修养境界却往往也正是使得那些士人们去关怀和承担忧患的一种基本的力量，如此说来则张氏之词的不平衡的介入，岂不也有着一种微妙的平衡的作用？不过纵然如此，这册书之并不完备，之并未能达成我初心原意的理想，则是一个不可讳言的事实。

在此即将成书之际，我除去对热心整理并促成此书出版的姚白芳女士表示感谢之意以外，谨将成书之经过及一切我所感到的不足之处，说明如上，是为序。

一九九五年十二月二十九日写于天津南开大学

◎ 第一讲

# 清词的复兴

明月多情应笑我，笑我如今。

辜负春心，独自闲行独自吟。

近来怕说当时事，结遍兰襟。

月浅灯深，梦里云归何处寻？

清朝的词在中国文学历史上，是词这种文学体式的复兴时代。为什么说是词的复兴时代呢？因为从宋朝以后经过了元和明两朝，而元朝兴盛的是曲（如散曲），是杂剧（如王实甫的《西厢记》）；明朝兴盛的是传奇，像汤显祖的《牡丹亭》之类。元明两代流行的是散曲、杂剧和传奇。

我在以前的文稿中曾提过词跟诗是不同的，曲子跟词也是不同的（请参看叶撰《论浙西词派》一文，见一九九五年六月份《中国文化》）。词要曲折深隐才是美，而曲子则要写得浅白流畅才是美。词要有言外之意，而曲则是说到哪里就是哪里，不需要有言外之意的联想。关汉卿写过一套曲子，我只念两句给你们听，关汉卿说他自己："我是蒸不烂、煮不熟、捶不扁、爆不破、响当当一粒铜豌豆。"这是说他自己个性的坚强，这种文学体式是让人这么一说一唱，当下就觉得很好，它不是让你去想它有什么言外的意思。你一念就很痛快，曲子的好处就是明白流畅，能让人读后感到痛快淋漓的就是好的作品。因为元、明两朝曲子流行，所以元、明有些文人就用写曲的办法来写词，他们只是追求写得像曲这样地流畅，什么都说完了，也就失去了词特有的曲折深隐、富于言外之意的美学标准。但是到了清朝，词恢复了这种深隐曲折、有言外之意的美学标准，所以清朝是词的一个复兴时代，因为它重新找回了词的美学标准。

元朝、明朝文人都写曲，所以词写得不好，为什么到了清朝词又写得好了？清朝怎么会忽然间把词的曲折深隐富于言外之意的特美找回来了？清朝找回了这个词的特美是付上了绝大的代价。是什么代价？是破国亡家的代价！是明朝的灭亡，经过了破国亡家的惨痛，而在新来的外族统治之下，他们有多少的悲哀？有多少的愤慨？而又不能明白地说出来，所以他们才掌握了词的曲折深隐、言外之意的美，他们找回来的美学标准是付上了破国亡家的代价。

我们开头要讲的是清朝早期的几个作者，我给你们选了三个人：李雯、吴伟业、王夫之，都是经过了破国亡家，可是对于破国亡家之痛每个人的反应都不一样。有的人是殉国死难了，有的人是投降给外族了，有的人是隐居不出了，他们都有破国亡家的惨痛经验，每个人的反应不同，因此每个人的风格也不同。所以清朝的词是很微妙的，这是非常奇妙的一种现象。今天时间已经到了，下一次我们就要看看，清朝付上了这么沉重的代价写出来的是什么样的作品。

## 李 雯

谁教春去也？

人间恨、何处问斜阳？

见花褪残红，莺捎浓绿，

思量往事，尘海茫茫。

　　我们上次已经说过，词的微妙在于它有一种特别的美学特质，它的美学特质是以曲折深隐，富于言外之意为美的，读者阅读后，可以引起很多联想，词是以这样的作品为好。每一种不同的文学体式有它不同的美感特质，我以前说过，诗是以感发为主，是明白地写自己的感情和志意，是以引起读者之感发者为好。曲子是以痛快淋漓为主的，你一念气势很盛，当下就感动了，曲是以这样的作品为好。可是词不是的，词与诗的直接的言志不一样，与曲子的痛快淋漓也不一样。词在初起的时候与《花间集》的特殊性质有很大的关系，《花间集》的词写的大都是美女跟爱情，但如果全只是美女跟爱情就显得很浅薄，有一些作品表面上虽然也是写美女跟爱情，但是却可以给读者很丰富的联想，这样的词就是好词。不但从《花间集》的作品就形成了词这种美学品质，就是当词发展到了苏东坡以后，虽然苏东坡的词不再是歌词之词，苏东坡是用写诗的方法来写词，是自己言志的写自己的感情和志意的诗化的作品了。这一类作品之中有的作品它有诗的美学特质，是好的诗但却不是好的词。好的词，就像苏、辛二家词的佳作，既有诗的直接感发的力量，同时也有委婉曲折的深隐情意，这样的作品才是词里面好的作品。

宋朝以后经过了元、明二朝词就衰微了。为什么呢？因为他们没有能够认清词这种特别的美学品质。而元、明所流行的是曲子，北曲、南曲、杂剧、传奇，他们用写曲的方法来写词。而曲子的特色是痛快淋漓，一念当下就动容。关汉卿写过一首小令，也是写美女跟爱情的。他说：

## 一半儿　题情

> 碧纱窗下悄无人，跪在床前忙要亲。骂了个负心
> 回转身，虽是你话儿嗔，一半儿推辞一半儿肯。

在一个碧纱窗下静悄悄的没有一个人，这个男子就跪在女子的床前要亲她。这个女子的话语好像不太高兴，她表面上像是推辞但心里却是肯的。

这首作品在曲子里算是好的曲子，它生动活泼。但不是好词，词是不能这样写的。词一定要有深隐曲折、言外之意的才是好词，明朝的人用写曲的方法来写词，所以词的美学品质就衰微了，就失落了。

我说清词是词的复兴时代，因为清朝找回来了词的曲折深隐、富于言外之意的美学特质。他们是用什么代价找回来的呢？那是他们付出了破国亡家的代价才找回来这种曲折深隐的品质。我们

今天有词为证，现在我就拿词的实例给大家讲清朝的词是怎么样复兴的，而且是怎么样在破国亡家的情况下复兴的。

现在我们就先看第一个作者，这个作者的名字叫李雯，我选了他的两首词，第一首词的牌调叫《风流子》。我上次说过词跟诗之所以不同，诗是有一个题目说我要写什么，可是词有的时候没有名字，它的前面只是一个曲调的名字。第一首词的牌调叫《风流子》，可是他把这个牌调再附一个题目叫——"送春"，春天走了，然后下面再有小括号叫《篋中词》，《篋中词》是一本词的选集，在这个选集里边，在送春的题目底下还有三个字"同芝麓"，这就是说这首送春的词是跟芝麓一起做的，等一下我再慢慢地讲。

第二首词叫《浪淘沙》，它下面也有一个题目叫——"杨花"。在早期的《花间集》里边都只有牌调没有题目，像以前我讲过的欧阳炯啦、温庭筠啦，都只有牌调没有题目。可是后来的作者有的就有牌调同时也有题目了。

现在我先把作者简单地介绍一下，我们看看清初的词人怎么样付上亡国破家的代价来写他们的词。

李雯，字舒章，是江南华亭人。华亭是在现在的上海附近，原属于江苏华亭县，华亭在古时有一个别名叫云间。我们讲清代的词人你们要注意他们死生的年代，他们的生平经历了当时什么样的时代风云。然后我们才能知道，他们怎样地反映了时代的苦难。李雯是明朝万历三十六年（公元一六○八年）出生的，少与陈子龙、宋徵舆齐名，称云间三子。这三个人不但是好朋友而且家住得很近，甚至他们共同有过一个女性朋友，这个女子就是柳如是。柳如是是一个才技皆绝的伎女，她的出身是很卑微的，初在嘉兴名伎徐佛处为侍婢，后来嫁与人做姬妾，她很有才艺，又美貌，会作诗，还会写字，很得主人宠爱，但不容于其他姬妾，后来被逐出。她迁转于江南，与当时名士才子相往来，也想择人而嫁，这云间三才子都与她交往过。宋徵舆曾热烈地追求柳如是，但是因为当时他太年轻尚未中科举，他的家人强烈反对他与柳如是成婚，后来柳与宋遂因事决裂。她又跟陈子龙交好，陈子龙年岁较大已经结婚，本来可以娶她做妾，但是他的家人也反对他娶伎为妾，因此婚事终告不偕。但是柳如是是个很有勇气的女子，她把自己乔装成一个男子，去拜望当时很有名的一个文士钱谦益，后来遂嫁与钱谦益。

我之所以要讲这一段故事，因为这与李雯词的风格有密切的关系。当李雯、陈子龙、宋徵舆与柳如是交往的时候，这时他们写的词都是描述美女与爱情的作品。但是这种浪漫的日子过得不久长，明朝就灭亡了。这个大变故来临的时候，他们这三个好朋友就各自走上了不同的道路，落到了不同的下场。这云间三才子以陈子龙为领袖，就才华论以陈子龙为最高，他古文、诗、词，样样都写得好。陈子龙参加了"复社"，而"复社"的主持人叫张溥。张溥曾编定了《汉魏六朝百三名家集》，是当时很有名的学者。除了"复社"之外，他们在陈子龙、李雯的故乡另外成立了"几社"。这些文社的成员都是关心国家政治的，他们以儒学为基，以天下国家为己任，因此这些文人学者都喜议论朝政。

当明朝败亡，清朝入关时，这中间你们要知道：中国从三代夏、商、周以降经过了几千年，也经历了无数的改朝换代。但是以南宋到元朝这一次易代，和明朝到清朝这一次的易代，反抗最激烈。这又是为了什么缘故呢？因为元朝攻进中原的是蒙古人，清朝进入关内的是满族人，不像过去的那些朝代再怎么换同样是汉族人。清朝之所以引起明遗民强烈抵抗的缘故，更是因为满族的服饰与汉族不同，汉族不只女子留发，连男子也留发。而满族一入关就下薙发令，要男子把头发剃去大半，只剩中间一块梳根辫子，这以汉人来看真是怪异，很不能接受。而汉人自小就认为身体发肤受之父母不敢毁伤，因此当清朝严令薙发后，大家群起反抗。

影响人一生的，一半是由于你自己的性格，一半是由于你的命运。当清朝入关时，陈子龙是在南方，因此他参加了南方的义军抵抗清朝，但是后来他的军队失败了，陈子龙被俘虏后乘人不注意时跳水而死，成了一个殉节的烈士。而李雯呢？李雯当时在哪里？李雯当时在北京。陈子龙在南方参加了抗清起义的义军，而李雯沦陷在北京。当清朝入关时，因为李雯是有名的才子，遂被盛名所累，因此就被人推荐给清朝。这时史可法在南方坚守扬州不肯投降，清朝的亲王多尔衮就写了一封信劝史可法投降。但是多尔衮未必汉文精雅，因此当时就有很多传说，说这一封多尔衮致史可法书是李雯写的。人真是受制于命运，他因才名沦陷在北京，又被推荐做中书舍人。因李雯投降了清朝又替多尔衮写了这一封劝降书，当时另外一个有名的文士侯方域曾写了一首诗：《寄李舍人雯》，诗里有两句："嵇康辞吏非关懒，张翰思乡不为秋。"还有一个诗人叫吴琪也写了一首诗："胡笳曲就声多怨，破镜诗成亦自惭。庾信文章多健笔，可怜江北望江南。"另外还有一个人叫宋琬写给李雯的诗有两句说："竞传河朔陈琳檄，谁念江南庾信哀。"你们看这些诗提到多少次庾信："庾信文章多健笔""谁念江南庾信哀"。

说到中国的诗，有些你是不能明白说出来的，因此就要用典故。"庾信"又是一个什么样的典故呢？庾信是南北朝时候，南朝梁国的臣子。他曾出使到北方，但后来被北周扣留，不许他回到南方。庾信在北周也做了很大的官，可是他一直怀念他的故国，因此他写了一篇很有名的赋叫《哀江南赋》。

现在大家把留在北方替满人做事的李雯比喻成庾信，所以说"谁念江南庾信哀"，至于"竞传河朔陈琳檄"，陈琳又是谁呢？陈琳是曹魏时代的建安七子之一，据说他最会写檄文。什么是檄文呢？檄文就是写给敌对的一方要征讨他们或劝降他们的文字。就像武则天篡唐的时候，徐敬业写了一封《讨武曌檄》，这就是檄文。多尔衮写了一封书信要史可法投降所以说是"檄文"，而三国时代的陈琳据说写檄文写得最好。当时南方的人传说李雯替多尔衮写了劝史可法投降的信，是"竞传河朔陈琳檄"。可是李雯心里快乐吗？李雯自己也不快乐，李雯也很难过，不过毕竟人性也有软弱的地方。古人说："千古艰难唯一死。"当你们遇到人生大考验的时候，你们千万不要交这样的考卷。

李雯在这次人生的大考试之中，他交了一个不光明的卷子，他投降了，而且还为敌人写了檄文。所以李雯一直很后悔，在顺

治四年时就离开北京回到江南。现在我们再回到作者李雯。当时
云间三子之一的李雯不是很有名吗？顺治初年的时候，廷臣交相
荐任李雯才可任用，除了当中书舍人外又充顺天乡试同考官。他
在清朝很受重用，可是他不是心甘情愿的，他是因守父丧而留
在京师的，所以三年后就借口运丧榇归葬而回到了江南，那一
年正是顺治四年。李雯生于万历三十六年，死于顺治四年（公元
一六○八——一六四七年）。与他少年时交往密切的陈子龙也是万
历三十六年生，也是顺治四年死去。可是陈子龙是起兵抗清被俘
不屈投水而死的，当李雯回到江南老家时，听到当年他最好的朋
友，也共同写过《陈李唱和集》的陈子龙却参加了义军抗清，因
此李雯非常地惭愧，非常地悲哀。也就是当他在人生中遭遇了这
么大的考验，有了这么大的悔恨，有了这么大的屈辱以后，写了
他后来的这些词作。他早年的作品没有很高的价值，都是写一些
美女与爱情的，可是他后期的词，经过了这么多的生活体验以后，
就写了一些很不错的具有特色的词。

现在我先讲第一首《风流子》，我先把李雯的《风流子》从头
念一次。

## 风流子　送春
### （《箧中词》下有"同芝麓"三字）

谁教春去也？人间恨、何处问斜阳？见花褪残
红，莺捎浓绿，思量往事，尘海茫茫。芳心谢，锦梭

停旧织，麝月懒新妆。杜宇数声，觉余惊梦；碧栏三尺，空倚愁肠。

东君抛人易，回头处、犹是昔日池塘。留下长杨紫阳，付与谁行？想折柳声中，吹来不尽，落花影里，舞去还香。难把一樽轻送，多少暄凉。

"谁教春去也？人间恨、何处问斜阳？见花褪残红，莺捎浓绿，思量往事，尘海茫茫。"我念词的时候并不是故意要造作些调子来念它，也不是像广播员特意拉细了嗓子来念它。而是我要在读词的时候把它的平仄声调所表现的情韵传达出来。

这一首词一开头就是个疑问的句子。不是像李后主说的："流水落花春去也。"那只是单纯哀悼春天的消逝，而李雯写的是一个疑问："谁教春去也？"我曾说过凡是用这种疑问句子表示的，常常是一种悔恨、不平，要试问人间为什么有这么多不幸、困惑？有一位在麻省理工学院教书而旧学修养很好的物理学教授黄克荪，他曾翻译有波斯诗人奥马伽音的《鲁拜集》，其中有这样的诗句："搔首苍茫欲问天，天垂日月寂无言，海涛悲涌深蓝色，不答凡夫问太玄。"他说我搔首苍茫欲问天，人间有这么多悲苦、战乱、不平。而天上悬挂着有太阳、月亮，但是太阳月亮并不能回答我这些困惑的疑问。既然天上的日月不能回答我的问题，那么我低头看看海水汹涌的波涛，这深湛的蓝色波浪也不能解答我的疑惑。这首诗和中国屈原的《天问》向苍天提出许多的问题有相似之处。也和秦观的两句词"郴江幸自绕郴山，为谁流下潇湘去"有异曲同工之妙。就如同谢冰心说的："最幸福的孩子是永远在母亲怀抱中的赤子。"郴江发源于郴山，郴江幸自绕郴山，但又为什么流向那么遥远的潇湘去？为什么走向那么悲哀而遥远的路程？这是秦少游被贬官时所写的："郴江幸自绕郴山，为谁流下潇湘去？"

李雯这首词一开头就是用这样感慨、哀愁、悲愤的口气写的。他说："谁教春去也？人间恨、何处问斜阳？见花褪残红，莺捎浓绿，思量往事，尘海茫茫。""花褪残红"，就说的是花落了。"莺捎浓绿"，就是说黄莺鸟飞过了长得非常浓密而碧绿的树梢。当然这只是表层的意思，你们更要知道中国诗歌欣赏中感发生命的由来，它是有一个传统的。我以前曾经讲解过西方文学的新批评，其实西方现代的文学批评还有更新的学说，如符号学（semiotics）、诠释学（hermenutics）等。我们现在讲清词的批评当然要详究中国的传统，但你要知道一些西方当代的新理论，才可以对中国诗词的批评做出更有理论性的说明。按照符号学与诠释学的理论，现在我举一个例子，我手上拿的是一份讲义，"讲义"这是一个"符示"（signifier）。而"讲义"本身是"符旨"（signified）。也就是一个是"符示"，一个是"符旨"。

再举一个例子，比如说"茶杯"二字这只是一个符示，而拿一个"茶杯"给你看，这个茶杯本身就是"符旨"。这些符号除了我们日常所用以外，当一个符号在一个国家、一个民族被使用了很长久以后，这个符号就结合了这个国家民族的文化及传统。在符号学上这就叫一个code，就好像我们打电话有一个区域号码（code），这个号码就包括一大片地方了。

现在我们再回过头来讲"落花"，花的零落。李后主说："流水落花春去也。"花的零落是代表了所有美好的、繁华的事情不能够再保留。"见花褪残红"，亲眼见到那残余红色的花颜色消褪了、花朵也稀少了，那是多少繁华的消逝不能挽回。而当它是一个 code 时，那就不只是说花的零落。凡是一切美好的东西消逝了，都可以说是花落了。当它变成一个 code 的时候，当它所指的范围这么广大的时候，这个语码就产生了很强、很多、很复杂的作用。所以西方的接受美学（aesthetic of reception）说这就产生了一种可能性的效果（potential effect）。我把 potential effect 翻译成"潜能"，它潜在的功能。李后主没有明白地说出来，他只说了一个"落花"，但是它可以给你这么多的暗示；这么丰富这么复杂的暗示，我管它叫作"潜能"。这是西方接受美学所说的 potential effect。

而在李雯的这阕《风流子》的"花褪残红"可能有什么样的 potential effect？除了表面上所描述真正现实的春天消逝以外，他的故国，明朝的败亡再也不会回头了。还有当年和他一起读书、一起作诗、一起交女朋友的陈子龙等人的往日的交谊和欢乐，也再不会回来了。他们当年一起参加文社，特别是他们这几位云间才子加入了"几社"，有多少人殉节死难了？真是"花褪残红"。那美好的少年时代，充满了理想的时代，充满了欢乐的时代，他的故国，还有那些故人知交都再不复返了。

"莺捎浓绿"，像李清照所说的："知否，知否，应是绿肥红瘦。"红花少的时候就显得绿叶更多了。"狂风吹尽深红色"，就

"绿叶成阴子满枝"了。李雯词中说："有黄莺鸟在这里飞来飞去。"我们说春天烂漫，莺莺燕燕，这是多么美丽的春光。而李雯的词中有一种潜能（potential effect），它能给我们读者一种联想，什么联想呢？有多少人是殉节死难了？又有多少人变成了清朝的新贵？有多少人投降了清朝去争取高官厚禄？所以说是"花褪残红，莺捎浓绿"。在这个大变化之中，有这种种不同而又复杂的现象。所以他又说："思量往事，尘海茫茫。"想起从前的生活、从前的理想，在这渺渺茫茫人生的大海之中，被那汹涌的波涛推送、起伏，谁能掌握？谁能回答呢？

"芳心谢"，我所有的欢乐、所有的理想、所有的希望都消失了。"锦梭停旧织，麝月懒新妆"。一首词的好坏，要明白作者他是以什么样的感情，什么样的心思理念来写的，我们当然要知道。写得好不好？他有没有能够把他内心的所思、所感传达表现出来？而且一个作品的完成是从作者（author）到作品（text）然后到读者（reader）产生了感发的作用，这才是一篇作品的完成。好的词就因为他用的字很美？还不只这些，它的形象（image）、它的质地（texture）都是很重要的。像刚才我们说："花褪残红，莺捎浓绿。"给我们这么多这么丰富的联想，所以这才说它的意象好、它的结构好。

"锦梭停旧织"，"梭"，是古代织布的梭，而且又是"锦梭"，在在形容它的珍贵及华美。李雯把自己比喻成是一个女子，每天在编织一个美丽的理想，但是我再也编织不下去了，因为国破家亡了，我有那么多的屈辱，那么多的玷污，我再也织不出丝绸锦缎。我曾经用了那么多的感情、那么多的心思，要织成这幅锦缎，但现在我再也编不下去了。这是"锦梭停旧织"。下句"麝月懒新妆"，《红楼梦》里有一个丫鬟的名字就叫麝月。什么是麝月呢？就是一种女子的妆饰。"麝"，是一种香料。麝香，是黄颜色的。用这种麝香的香料画一个新月形的花样在前额上，像唐朝出土的古画都还可以看到这种妆饰。他说："我现在也懒得再做这种美丽的妆饰了。"麝月懒什么妆？这一句对得很工整，上一句用的是"旧织"，下面这一句是麝月懒"新妆"啊！什么叫"新妆"？就是比喻迎合新朝、奉承新朝的人。唐朝的秦韬玉写的《贫女》说："共怜时世俭梳妆。"我体念时局的艰难，不追求时髦，不追求流行，把自己打扮得朴实些。现在李雯虽然是投降了，但内心并不向清朝追求富贵利禄，去曲媚迎合新朝邀功。词这种体式是很妙的，特别是它有多种潜能。"锦梭停旧织，麝月懒新妆。"表面上是说春天走了，这个女孩子也不织锦，也不再妆扮。可是它里面竟有这么丰富的涵义。

"杜宇数声，觉余惊梦；碧栏三尺，空倚愁肠。""杜宇"，就是杜鹃鸟，杜鹃鸟的叫声在中国有一个历经久远而形成的语码（code）的作用，可引起很丰富的联想。一个就是说杜宇是送春的鸟，这首词的题目就是《送春》。当杜宇叫的时候春天就走了，再也不回来了，这是第一个意思。第二个意思是说杜宇鸟叫的声音像是在说："不如归去，不如归去。"所以杜宇鸟是在叫："不如归去。"也就是说我旧日的国家、旧日的朝廷、旧日的朋友、旧日的生活都回不去了，都没有了，就好像杜宇在叫不如归去。此外杜宇还有什么涵义呢？李商隐的《锦瑟》诗说："锦瑟无端五十弦，一弦一柱思华年。庄生晓梦迷蝴蝶，望帝春心托杜鹃。"古人说望帝死后他的魂魄化成了杜鹃鸟，所以中国常常以死去的皇帝、失去的国家引喻为杜鹃。杜鹃鸟声声啼叫，那美好的日子再也回不来了。故国灭亡明朝已矣，我永远都失落了。

"觉余惊梦"，把我过去所有的美梦都惊醒了，我们年少时编织的梦都破碎了。孟浩然有一句诗说："春眠不觉晓，处处闻啼鸟。"还有《唐诗三百首》里头的："打起黄莺儿，莫教枝上啼。啼时惊妾梦，不得到辽西。"我打走黄莺鸟，不让它在这里叫，因为鸟声一叫就把我的梦惊醒了，我的梦是要到辽西去见我的丈夫，去见我所爱的人。所以杜宇数声就把我的梦惊醒了。惊醒就是"觉"。什么叫"觉余"呢？那就是说醒来以后，把我所有的梦都惊醒了。这就是："杜宇数声，觉余惊梦。"

"碧栏三尺"，这是说碧玉的栏干。栏干当然有很多种，像李后主说的"雕栏玉砌应犹在"，这是雕栏。像李商隐的诗有一首叫《碧城》："碧城十二曲阑干。"这阑干是碧玉的阑干，代表那么样的美好，那么样的曲折。李雯说"碧栏三尺"，李商隐说"碧城十二"。数目在中国不只是用来计数的，我们说，事不过三、三思而后行……"三"是代表多的意思，"碧栏三尺"也代表它是那么的曲折，那么盘旋繁复的碧玉栏干。我靠在栏干上本来是要向外观望的，观望那春天美好的景色，但是春天那美好的景色已经消逝了。我现在倚立在栏干边是"空倚愁肠"，我再也找不到美好的景色了。我倚靠在这里是空倚，只剩那满天的哀愁。

"东君抛人易"，东君是春天的神，你这春天的主宰这么容易就把人抛弃了。把人抛弃就是说离开人走了。你们念过李商隐的诗说："相见时难别亦难。"李后主的词说："别时容易见时难。"这是把别离的感情作不同的描述，有的感情舍不得离别，但又乖隔于外边的形势，那就是相见时难别亦难。当南唐投降以后，李后主已破国亡家。他被宋朝俘虏带走了，那是再也回不了南唐，再也收复不了他的失地，这真是"别时容易见时难"。"东君抛人易"，这南明的朝廷也是"别时容易见时难"了。

在开始讲李雯的《风流子》一词下半首以前，我们要讨论一个问题。以前英国一位学者恩普逊（William Empson，他曾于民国二十年左右在清大讲学）写过一本书，书名叫 Seven Types of Ambiguity。朱自清先生把它翻译成《多义七式》，这就是所谓的"多义之说"。ambiguity 原是一种模棱两可不好的意思，到了十九世纪后期二十世纪前期，西方的学者就不再用 ambiguity 这个字。他们改用 multiple meaning，或 plural signation，这是多义、复义之义。

到了近二十年来，"读者反应论"和"接受美学"开始风行的时候，有一个很有名的学者伊塞尔（Wolfgang Iser）在他著的一本书《阅读的活动》（Acting of Reading）中，他提出一个字，也就是我曾提出来的一个字，叫作 potential effect。这个 plural signation 跟 potential effect 和 ambiguity 看起来很相似，但是它们的层次和范畴是不同的。当 ambiguity 被提出来的时候，是我们过去的传统观念认为诗歌应该有一个意思，这个意思不清楚时，就叫它 ambiguity，这是第一步。后来承认了诗歌不是仅定于一个意思，是可以有复杂的多义，我们肯定它是可以这样，就叫它 multiple meaning 或 plural signation，这就是多义和复义了。等到了 potential effect 这就更进一步了。你一定要了解它们虽然相似，但是却是不同的。这进一步，进在哪里？从 ambiguity 到 plural signation 是观念的改变，即是我们正面地承认它，不把它看作是模糊的不好，我们不用这个字，我们用"多义"这个字，我们是承认它了，可是到了 potential effect 这就有了又一次演变了。这"潜能"两个字就是说诗歌的文本内可以有这个意思，也可以有那个意思。是由读者自己发现出来，而不全是作者的原意。

现在先说"多义"，我可以举一个你们熟悉的词做例证来说明。李后主写过一首《浪淘沙》："帘外雨潺潺，春意阑珊。"我在讲李雯《风流子》"谁教春去也"时，也提到过李后主的这一首词，因为他说"流水落花春去也"，这"流水落花春去也"后边是什么呢？"天上人间"。这"天上人间"四个字说得就不清楚，所以大陆的俞平伯先生就说"天上人间"可能有四个不同的解释：一说，从前我的生活像在天上，现在我的生活像贬入人间，这是天上与人间的不同。另外一个说法，说它是一种很悲哀的呼天唤地之词。"流水落花春去也，天上人间啊！"这是一种很悲哀的呼唤。还有一种可能则是疑问的口气，说"流水落花春去也"，春天到哪里去了呢？是到了天上呢，还是人间呢？最后俞平伯先生要给它确定一个意思，他说：这首词的前面说"帘外雨潺潺，春意阑珊，罗衾不耐五更寒，梦里不知身是客，一晌贪欢。　　独自莫凭栏，无限江山，别时容易见时难"，他说这"流水落花春去也"，所承接的便是"别时容易见时难"。"流水落花春去也"，是别时的容易！"天上人间"，是见时的艰难，好像一个是天上一个是人间。所以这"天上人间"四个字有了这么多种不同的理解，这就是"多义"。也就是说它有多种的可能，过去的传统文学批评认为这是不好的，这是暧昧（ambiguity），李后主这首词写得不很明白。可是这"天上人间"的不清楚，其实正是李后主词的好处。李后主是一个纯情的人，他不是个很有理性的人，不是个很有反省思考能力的人。他只要心里有所感受一下子就发泄出来了，还没有想明白的时候就说出来了。

至于我刚才所讲的接受美学中所提出的术语 potential，就是另外一种不同的意思了。刚才所说的"天上人间"种种不同的解释，这是说李后主可能有这样的解释，也可能有那样的解释。我不晓得你们读过哪些有关诗词评赏的作品。王国维的《人间词话》里有一段话，他说："古今成大事业大学问者必经过三种之境界。"他说的这三种境界都是用宋人的词来做比喻。他说"昨夜西风凋碧树，独上高楼，望尽天涯路"，这是要成大事业、大学问的第一种境界。"衣带渐宽终不悔，为伊消得人憔悴"，这是第二种境界。"众里寻他千百度，蓦然回首，那人却在灯火阑珊处"，这是第三种境界。最后王国维加了一个按语，他说，你们若拿我的意思来解释这三首词，"恐晏欧诸公所不许也"，恐怕原来的作者会不同意。我说的不必然是作者原来的意思，可是这几句词可以给我们这样的联想，可以使我们读者有这样的感发，这是 potential effect。现在你们明白我的意思了吗？我上次讲完课以后有同学到我这里来谈话，他问："这是不是就是多义的意思？"这是一种多义。可是当文学批评的术语，从 ambiguity 到 plural signation 到 potential effect 有一个观念层次的演变，而且有一个范畴大小的不同。这是关系到文学批评和欣赏的一个基本问题，因为有同学来问我这些个问题，所以今天我就简单地做一个说明，而且你们明白了这个观念以后，对于以后我们讲词更有帮助。

中国的小词是一个很微妙的文学体式，它不像诗那么显意识地明说"国破山河在"，我们一看当然就知道它的意思了，甚至连"鸡声茅店月，人迹板桥霜"这一看就都明白这个意思了。到了晚唐李商隐的时候写出来像《锦瑟》"沧海月明珠有泪，蓝田日暖玉生烟"这样难以确释的诗。李商隐诗的多义性，这是中国诗歌的一种演进，从那么现实那么具象的叙写演进到了如此抽象的、象喻的传达。李商隐是中国诗人里边最有词人美感特质的一个诗人，李商隐的诗很多不是都叫"无题"吗？而早期的小词也大都没有题目，只有一个音乐的牌调，后来的小词跟李商隐的诗又有一点层次的不同。李商隐写"沧海月明珠有泪，蓝田日暖玉生烟"，他其实内心是有一个要传达的主观情意在那里，只不过他是用一个抽象的形象做象喻的表达，而不是用简单的语言做浮浅的说明。可是到了早期的词，就有了很微妙的一种现象，就是因为作者写的是一个歌唱的歌词，所以在他自己的意识里边不是很清楚地要表达某一种情意，只是在无意之中把他内心之中最深隐的，连他自己显意识都说不清楚的一些东西，在无心之中流露出来了，这种最微妙的情思，就是最富于潜能（potential effect）的。

西方一个很有名的女学者叫作茱莉亚·克里斯特娃（Julia Kristeva），是位非常锐敏、非常精细而且非常博学的女学者。她会很多种欧亚语文，而对西方文学及哲学的理论更是精彻而贯通。我说过一个语言就是一个符号，比如说"投影仪"这个名称就是一个符示，投影仪这个东西在这里，这就是符旨，是一个实物。所以它有一个"符示"和一个"符旨"。一般来说"符示"与"符旨"的关系是约定俗成的。像我说"茶杯"，这个"符号"就是指茶杯。我说桌子就是指一张桌子，我说椅子就是指一把椅子。这个"符示"与"符旨"之间的关系是 established，是已经固定起来的。可是克里斯特娃在她写的一本书叫作《诗歌语言的革命》（Revolution in Poetic Language）中，她认为"符示"与"符旨"的关系在诗歌里边有时是不固定的，是作者用了这个"符号"而读者来读这个符号，是作者及作品与读者三者之间，像一个变电器一样在那里同时运作，而且可以随时产生新的东西。王国维读了"昨夜西风凋碧树，独上高楼，望尽天涯路"，他说那是成大事业、大学问的第一种境界，这是有一天王国维读了这两句词有了这样的联想。另外一天王国维还是读了这两句词，同样的两句词"昨夜西风凋碧树，独上高楼，望尽天涯路"，他说什么呢？他说《诗经》的《小雅》有两句诗："我瞻四方，蹙蹙靡所骋。"是写一个诗人在一个不幸的环境社会之中，瞻望四方，想出去驰骋，但是却找不到可以走的一条路，是"诗人之忧生也"。他说"昨夜西风凋碧树，独上高楼，望尽天涯路"似之。也就是这几句词的意境跟《诗经·小雅》的这两句诗非常相近。这就跟成大事业、大学问完全不同了，一个是诗人的忧生之意，一个是成大事业、大学问的第一种境界。他今天所读的这一种感受跟另外一天所读的感受完全不一样。

这是诗歌的语言透过了作品，经过了读者使它重生，赋予它再一次的生命，就如同一个变电器，随时在生发，随时在创作，有一种生生不息的变化。这是克里斯特娃所提出的一种学说理论，本来她这一个学说理论讲的也是符号学，可是她现在给它一个新的名字，叫作"解析符号学"（semanalyze），这是一个新名词。而中国的小词里边有很多时候有这种情况，这就是为什么王国维读词他今天可以读出一个意思来，明天又可以读出另外一个意思来。可是你要注意到这个作品虽然有这个潜在的能力（potential effect），可以引起读者有这么丰富不同的联想，但是你不必然指说这是作者原来的意思，可是这种说法不妨害作者原来的意思，它可以同时有这种潜能，给我们读者这么多的联想，它同时可能有它本身自己的意思，这么一来不是太自由了吗？如果我今天这样解说，他明天又那样解释，这不是太自由了吗？在这种多义之中你还要给它一种限制，你不能胡说，是要它里边的涵义真的有，而不是你可以随便乱说的。这在作品本身，在于你这个读者，对于一种语言符号、文化传统的了解和修养的理解有多少能力。

我举一个例子给大家说明一个错误的联想：唐诗有一首李益的《江南曲》，是五言绝句的小诗，他说："嫁得瞿塘贾，朝朝误妾期，早知潮有信，嫁与弄潮儿。"这本来是说我嫁给一个在瞿塘江上做买卖的商人，"贾"在这里念"古"，指商人。每天我盼望丈夫回来，但是他只顾做买卖，耽误我对他的期待和盼望。可是我又常常看到在长江江水上，当潮水来时那些弄潮的年轻人，我要是早知道潮水的涨退是准时而从不延误，我还不如嫁给那些弄潮的年轻人呢！

有一位研读西方文论的学者，因为受了西方前些年所流行的弗洛伊德心理学的影响，他认为所有的文学艺术都是作者在性（sex）这方面不能得到满足，被压抑以后的表现，所以就把什么都说成性。所以这位学者就说"早知潮有信"就是"早知潮有性"的意思。这实在不可以这么随便的联想，第一，这"性"跟"信"的发音并不一样。"信"是"ㄣ"的音，"性"是"ㄥ"的音，一个是 ing 的声音，另一个是 in 的音，从发音来说"信"就不是"性"。我们再降低一步，就算我们同意他"信"跟"性"发音是一样，也不能这样联想，因为中国古人所说的"性"，是性善、性恶之性，"人之初，性本善"不是西方指 sex 的"性"，这是两回事。

所以我现在告诉你们，文学作品可以有多义，可以有潜能，可是你要对于这个语言、这个文学它们的文化传统有一个更深切、更正确的理解，那么你的联想才不会偏离得太远。那是你的一种启发而不至于变成一种谬论，这虽然是题外话，但却也是关系你们批评和欣赏的一个很重要的课题。而你们要想能真的具有批评和欣赏的能力，你只有从多读开始，多读自然就会体会得比较正确。因为有同学问我这些问题，所以我就说明这些简单的解答。

我们现在再来看李雯这首词的下半片："东君抛人易，回头处、犹是昔日池塘。"有同学在课堂上提出来说，我对李雯的《风流子》下半片有我自己的理解。他说：东君当然是个男子，而这首词表现出来的却是一个女子的口吻，是她所爱的那个男子抛弃她离去了。这个学生读了不少中国的书也懂得一些中国的传统，他说中国这个男女的关系可以联想到国君与臣子。所以东君可能是国君，国君也可能是朝廷，所以这就说到明朝的灭亡。"东君抛人易"这是不错的，这种联想不像刚才那种"潮有信"变成"潮有性"偏离得很远，这种联想是可能的，但是在联想之中，在多义之中，朱自清先生曾经提出来过：在多义之中你还要分别哪个是它的"主义"？哪个是它的"衍义"？哪个是它表层的意思？哪个是它深层的意思？这些是要有所分别的。它是可以有多种的意思，但是哪个是它重要的意思？哪个是它衍申的意思？这就关系到文化的传统。

"东君"在中国文化传统之中第一个意思是春天，东君是春天的神，是春天的主宰。中国过去曾有诗句说："东君不做繁华主。"这是说春天的神为什么不给春天的万紫千红做主人？为什么不保护它们？所以"东君"是春神。第一，他是扣住题目来说的，是送春。"东君抛人易"，没想到春天这么快就过去，这么容易就把我们抛弃了，所以说"东君抛人易"这是它的第一个意思。然后当然它可以有衍申的意思和深层的意思，那美好春光的消逝，东君的把人抛弃，当然也可以代表那旧日的朝廷、旧日美好的生活。"东君抛人易"正像李后主说的，是"别时容易"。

"回头处、犹是昔日池塘"，一切都改变了，可是你要知道李雯离开了中国吗？没有。他还是在中国的国境之内，而且很可能他写这首词的时候，不管他是在京城的北京或是他回到江南的云间，那景物依然，那一切的风景不殊。京城还是旧日的京城，云间还是旧日的云间，所以东君抛人易，这么容易地就抛弃了我们，"回头处、犹是昔日池塘"，我回头看看一切的景物不殊，京城是当日的京城，云间是当日的云间。"回头处、犹是昔日池塘"，而为什么要说是池塘呢？你说他是为了押韵，所以要说"池塘"吗？不是的。因为他是写送春，而春天我们写到杨柳，杨柳是最能够代表春天的，而杨柳生长的地方常常都是在水边，这是中国文化传统的一个习惯。因为杨柳的长条披拂在水边上是最美丽的、最动人的。你们不是念过了周邦彦的《兰陵王》："柳阴直，烟里丝丝弄碧，隋堤上，曾见几番，拂水飘绵送行色。"这个景象是在哪里呢？是在隋堤上，是在水边的岸上。是拂水飘绵，是在水边上飘拂的。杨柳是春天的代表，杨柳是种在池塘边的。所以他说"回头处、犹是昔日池塘"，这就像是同时代的王夫之有一首《蝶恋花》词曾说："叶叶飘零都不管，回塘早似天涯远。"所以你一定要了解一个文化的传统，你就知道他为什么要用"池塘"两个字。所以说"东君抛人易"，我"回头处、犹是昔日池塘"。（参看44页附录王夫之《蝶恋花》及35页李雯《浪淘沙》二词）

"留下长杨紫陌，付与谁行？"你们一定要了解中国的文化传统，为什么说"留下长杨紫陌"？春天走了，花落了。他前面说："见花褪残红。"花是落了，柳树、柳绵、杨花都飘飞尽了。柳树上开的花就是杨花，也就是柳绵，也就是柳絮都飘完了。可是树还在啊！我们可以看出王夫之的《蝶恋花》这首词跟李雯的《浪淘沙》有些地方相通，因为李雯说了"金缕晓风残"。这个"金缕"就是王夫之说的他梦中还看到的"鹅黄拖锦线"啊！可是他说鹅黄锦线是梦里看见的，现在已经是衰柳了。至于李雯的《浪淘沙》，有的同学以为"金缕晓风残"写的也是柳树衰残，这就不对了。"金缕"，是春天的柳树。所以王夫之说，我梦中见到鹅黄锦线般春天的柳树，可是现在的柳树是衰柳了、是凋残了。你们要知道李雯这个金缕的后面虽然也有一个残字，"金缕晓风残"。可是他的题目是什么呢？是《杨花》不是柳树，是金缕上面的杨花在晓风之中被吹得零落了。这你们一定要分别清楚，因为春天杨花飘完的时候正是暮春三月，当花落以后树叶浓荫茂密，正是柳树长得很茂盛的时候。你一定要把它分别得很清楚，你可以有很丰富的感发和联想，但是你不能判断错误。而你怎么样可以不错误，就在于你对文化传统的理解。所以现在他说"东君抛人易"，我"回头处、犹是昔日池塘"，这说的是柳树。

　　"留下长杨紫陌"，是柳花都飞尽了，原在春天开放的万紫千红都飘飞尽了，可是柳树还在，所以"留下长杨紫陌"，从表面上来看，这句写的就是高大的杨柳树跟宽阔的道路。现在你就要注意了，这关系着我曾讲过的中国文化的传统。"紫陌"是什么？紫陌不是平常的一条大马路，紫陌讲的是都城，是京城的道路。在唐朝的刘禹锡写过一首《看花》的诗，他第一句说的就是"紫陌红尘拂面来"。紫陌红尘他写的是哪儿？刘禹锡是唐朝人，他写的是长安。"长杨"，任何地方高大的柳树都可以叫作长杨，可是你要知道中国文化，中国有这样长久的历史，很多事物间都有牵连，都可引起人丰富的联想。在汉朝有一位和班固并称的文学家扬雄，他写过一篇赋，叫《长杨赋》。这篇赋是写什么呢？《长杨赋》写的不是柳树，"长杨"原来是当时汉朝一个宫殿的名字叫"长杨宫"。这就又要回过头来讲为什么我在一开头要跟你们讲那么多文学理论，因为我们要欣赏诗词的时候你要有一个根据。我们才可以体会出作品中有表层的意思，有深层的意思，有主要的意思，有衍申的意思。你从表面上看李雯写的是春天走了，万紫千红都零落了，杨花、柳花也都飘飞完了，只留下那宽阔的马路和高大的柳树。可是它深层的意思呢？"长杨"有一个联想是汉朝的长杨宫，"紫陌"也有一个联想，是都城的马路。我们自己的国家，我们自己的民族，我们自己国都中的马路，现在谁在上面车马奔驰呢？那是敌人啊！是清朝人啊！

　　我这样说，因为我也有过这样的感慨，在民国二十六年七七事变日本人占领了北京城时，是我初中二升入初中三那年的暑假，我就看到卢沟桥事变以后，走到马路上一看都是日本的军车和军队开进来。"长杨"是旧日的"长杨"柳树，"紫陌"是旧日"紫陌"的道路，留下这长杨紫陌你现在交给了谁呢？"付与谁行？"（"行"字念 háng，表示宾语）怎么都交给敌人了？你当年的主人到哪里去了？所以他说："东君抛人易，回头处、犹是昔日池塘。留下长杨紫陌，付与谁行？"这交给谁了？"雕栏玉砌应犹在"，你交给谁了？这雕栏玉砌到了今天是谁的雕栏玉砌？长杨紫陌到了今天是谁的长杨紫陌？"长杨紫陌，付与谁行？"我就是因为听到你们在辅导课中同学们的讲话，所以我有责任要带领你们一个正确的欣赏途径。同学们对一个中国字的发音有它多种不同的念法也要有所认识，在"付与谁行"句中的这个"行"字，同学们把它念成 xíng，行走的行。同学们又把这句解释成：我跟谁一同行走呢？当初跟我一起的陈子龙死了，我跟谁一同行走呢？但这里的行不是行走的意思，应该念谁"行"(háng)。

我以前讲过周邦彦的《清真词》，其中有一首小令《少年游》：

> 并刀如水，吴盐胜雪，纤手破新橙，锦幄初温，兽香不断，相对坐调笙。低声问向谁行宿？城上已三更。马滑霜浓，不如休去，直是少人行。

在这么短的一首小令之中有两个行走的行字，第一字念 háng。"低声问向谁行(háng)宿？"不是"向谁行(xíng)宿？"你走到哪？跟谁一起住宿？不是这个意思，是到谁那里去的意思。这个"行"(háng)字是个表示受词的位置词，表示它的位置是接受语气的词句。谁行(háng)？就是谁那里。所以"向谁行宿？"就是你今天晚上到哪里去住呢？这当然不是太太说的话，太太哪里会问你今天晚上到哪里去住呢，这当然是歌伎酒女说的话。所以她才会说："低声问向谁行宿？""马滑霜浓"，你"不如休去"吧！街上霜重路滑，都没有人在路上走了，你还是留在我这里，今晚就不要走吧。后面这个"直是少人行"，才是"行"(xíng)，行走的行。上面是向谁"行"（háng）宿。所以这句词不是李雯跟陈子龙一同行走不行走的意思，是"付与谁行？"是说把"长杨紫陌"留给什么人了？是留到什么人的手里了？是一个表示接受口气的问句词。所以这"留下长杨紫陌，付与谁行"是留给谁了的意思。

"想折柳声中，吹来不尽，落花影里，舞去还香。"在欣赏诗词之中有时会有两种错误的方向，一个就像刚才我所说的台湾的那个教授，他是盲目地跟随西方的理论，所以把"潮有信"说成"潮有性"，硬把它解释成弗洛伊德所说的"性"。这是一种盲从与不清楚，你不要受西方理论的影响而盲从，你也不要受中国的影响而盲从。什么是对中国传统的盲从呢？你说"折柳"，大家都说古代有折柳送别的传统。这"柳"跟"留"的声音相似，所以就有挽留的意思，所以折柳就是送别，这是不错的，中国是有这么一个传统是这种意思的。可是"折柳声中"，你折柳树有多大声音？你折一条柳树试试有多大声音呢？所以你不能受西方文化错误的影响，你也不要受中国传统文化错误的影响。折柳后面有个"声"字，这是个微妙的关键所在。

什么叫作"折柳声中"？所以这就关系到你们读书的多少才能够判断不谬。这句词关系到李白的一首诗，李白诗的题目是《春夜洛城闻笛》。就是在洛阳城听到吹笛声，这也是很熟的一首唐诗。其实中国的文化传统或典故也不是很难了解。像我说的李益的《江南曲》、刘禹锡的"紫陌红尘"啦、《乌衣巷》啦，都是出在《千家诗》或是《唐诗三百首》里边。这些都是我们小时候必读的诗，这些诗数量又不多，薄薄的几本，只要你读一读，翻一翻，你以后就可以知道很多典故的出处。李白的《春夜洛城闻笛》说些什么呢？他说："谁家玉笛暗飞声，散入春风满洛城。"是谁在暗地里吹着玉笛？这笛声散入了春风，飘满在洛阳城里。你要知道中国洛阳在古代是以多花著称，洛阳城有很多花。"谁家玉笛暗飞声，散入春风满洛城"，后面就提到"折柳"的声音，说"此夜曲中闻折柳"。这是声音，这是"闻"；"何人不起故园情"。诗中的季节是春天，所以他说的是"散入春风"。

在笛曲之中有一个曲子叫《折杨柳》，《折杨柳》这支曲子的感情表示的是离别，表示的是思念，是离别和怀思。"谁家玉笛暗飞声，散入春风满洛城。此夜曲中闻折柳"，我在这一天晚上听到了《折杨柳》的曲子。《折杨柳》曲子里所传达的是离别和怀念，真是引起了我对故乡、故园多少的怀念，多少的感情，这是"何人不起故园情"。所以现在李雯说："想折柳声中，吹来不尽。"无数杨花被风吹落。春天是走了，春天走了，它所带给我的是相思怀念的感情，而且是《折杨柳》这支曲子声中带给我对故国、故园不胜怀念的感情。所以说"想折柳声中，吹来不尽"，我听到吹来的《折杨柳》笛曲，是有诉说不尽的悲哀的心曲。你们念过王昌龄的一首绝句《从军行》："琵琶起舞换新声，总是关山离别情。撩乱边愁听不尽，高高秋月照长城。"我对故国、故园的相思是说不尽的。"想折柳声中，吹来不尽"，这吹笛的声音唤起我对故国、故园相思怀念的感情。

"落花影里，舞去还香"，我把春天送走了，在暮春的时候有多少花是飘落了。杜甫诗中说的："一片花飞减却春，风飘万点正愁人。"这把落花、落红说得那真是缠绵不断的感情。这花被吹落了，但李雯不说"落花"，因为落花是个实物，他说"落花影里"。词的这种文学体式真是细致，真是微妙。所以他不说"落花"这真正实物的花，而是说在落花飞舞的影子里面，花落了。"花落"，代表什么呢？花落代表所有一切的繁华、一切美好的事物都消失了。我的故国、我的故园、我旧日一切的理想，都消失了。我和知交们一起生活的美好光阴，我从前旧日的理想志意曾经美好过，一切都曾经美好过，就算它今天零落了。"舞去还香"这个舞字和香字写得真是多情，这是落花在飘飞到地上的时候的姿态和感情。在五代的冯延巳，也就是李后主他们那个南唐有名的词人，他有一首词牌调也叫《蝶恋花》，他说："梅落繁枝千万片，犹自多情，学雪随风转。"他说梅花落了，千万片的梅花都落了，就是它落的时候它还表现这么多留恋的感情，它在落地前的一刹那，它还飘舞出这么多美丽的姿态。所以虽然花落了，但它在临到地面之前，还在空中飞舞，这姿态还是这么美丽。"落花影里，舞去还香"，花已经落了，在它落地之前还有舞，不但有舞，它还有残余的香气，这说得真的是好。李雯把这一种留恋的感情写得如此之缠绵。"落花影里，舞去还香"！

　　"难把一樽轻送，多少暄凉"，"一樽"，就是一杯酒。古人说送春，春天要走了，我们喝一杯送春的酒。在晚唐有个诗人叫韩偓，也就是韩冬郎。他曾被李商隐特别夸奖过，说"雏凤清于老凤声"。说的就是韩偓小时候的才华颖出。韩冬郎写过一首诗叫

《惜花》，他说："临轩一盏悲春酒，明日池塘是绿阴。"趁着今天还有一些残花，我喝一杯酒送它走，明天花都没有了，池塘上都是一片绿阴了。春天是走了："胭脂泪，留人醉，几时重？"花，我们是可以喝一杯酒送它走，可是人就不行了。"难把一樽轻送"，我大可以也喝一杯酒把春送走，可是我又觉得这么困难，我真的不能够把它送走，我真的难以把它送走。如果你的一生没有愧欠，你没有羞耻，你没有惭愧，你死的时候是平安的。可是我李雯怎能无愧呢？明朝的灭亡，故友的死亡，一切志意的失落，我为他们做了什么？我又留下了什么？我曾经有怎样的羞耻和惭愧，我就这样送它走了吗？如果我没有惭愧，我虽然悲哀我就送它走了。可是我"难把一樽轻送"，我怎么能送它走呢？有"多少暄凉"！暄是热，凉是冷。这里边有多少恩怨？有多少炎凉？有多少羞耻？有多少惭悔？这是非常复杂的感情，很难叫人以言说传达的。所以这一首词是一首非常好的词，可惜时间已经到了，我不能够再发挥讲说下去了。

我们下面讲李雯的《浪淘沙·杨花》。

## 浪淘沙　杨花

　　金缕晓风残，素雪晴翻，为谁飞上玉雕阑？可惜章台新雨后，踏入沙间！

　　沾惹忒无端，青鸟空衔，一春幽梦绿萍间。暗处消魂罗袖薄，与泪轻弹。（《箧中词》作"偷"弹）

李雯写"杨花"用的又是另一种手法，他用与杨花有关系的典故，写杨花的命运、杨花的遭遇。而他是以杨花的命运和遭遇来暗示他自己的遭遇和心情。所以他说"金缕晓风残"。第一句有的同学就问起关于欣赏的问题，他们说"金缕晓风残"和王夫之《蝶恋花》衰柳的凋零是同样的意思，这其实完全是不一样的。王夫之的衰柳，写的是秋天，是柳树的凋零和残败。可是李雯所写的杨花是春天的季节，在春天的季节柳树没有凋零，没有衰残的感觉，所以这两首词所写的"柳"不是完全一样的。你要注意它们的题目，王词的题目是"衰柳"，所以他写的是秋天的柳树。可是李雯所写的是"杨花"，所以它凋残的不是杨柳的枝叶，它所凋残的是杨花，是柳树上所飘出来的杨花，现在凋残吹落了。你们一定要把它们弄明白，所以你们看诗词尤其是咏物词，一定要掌握它的要旨，不要胡乱猜测，那是不对的。

"金缕晓风残"，"金缕"指的是柳树，"残"指的就是杨花，也就是柳絮。在晓风之中被吹落了，这就是"金缕晓风残"。下句的"素雪晴翻"写的就正是杨花飘落的情景。"素雪"指的就是白色的柳絮如同白色的雪花，"晴翻"写的就是白色的柳花在晴空中飘落时翻飞舞动的样子。后边他用不同的典故，不同的形象，写这个被吹落的柳花有不同的遭遇，有不同的命运。"为谁飞上玉雕阑？"这是头一种杨花的遭遇。杨花被吹到那白玉石的阑杆上去，这是幸运的遭遇。李雯年轻的时候在云间跟陈子龙、宋徵舆在一起，被称为云间的三大才子，在京师得到那么多人的赞美、推重，还把他推荐给清朝，那他真是名重京华，这是何等高贵的地位。可是他的名望、他的才华，"可惜章台新雨后"，那柳树生长的章台街，章台街也就是首都的大街，也就是暗指明朝的都城。"可惜章台新雨后"，一次大的国破家亡的变故，那就"踏入沙间"了！这就沾惹了满身的羞耻和污秽。他说："为谁飞上玉雕阑？"可见这不是他自己选择的。为了什么缘故谁使他飞上了玉雕阑上去？李雯的悲剧是他自己性格的悲剧，他软弱他不够刚强，可是同时也是命运遭遇的悲剧，如果清朝入关的时候他不在当时都城的北京，他也许就可能成为和陈子龙一样的抗清的义士，所以说"为谁飞上玉雕阑？可惜章台新雨后，踏入沙间！"踏入沙间他就沾惹了羞耻和污秽。

"沾惹忒无端"，有的同学不认识这个"忒"字，不认识这个字你应该去查一查。"忒无端"就是太无端了，无端就是无缘无故，我沾惹上这样的污秽真是太无辜了，只是命运的作弄使我遭遇到这样的羞耻和污秽。

"青鸟空衔"，杜甫的诗曾说："青鸟飞去衔红巾。"青鸟可以把杨花衔起来，我现在沾惹了尘土被人踏在尘沙之间，就算有青鸟要把我衔起来，它也衔不起来了。这句词有两种可能，一个是当年的人推荐我，他是白推荐我了，反而让我沾惹了污秽。另一种词意的可能，也就是我们说的多义，那就是我被踏到沙间之后，就算有青鸟要把我衔起来，也衔不起来了。

"一春幽梦绿萍间"，有的同学在分组讨论时说这句不懂，我刚才在最后一组讨论课上给大家讲了，最后的这几句是出于苏轼

《水龙吟》咏杨花的词，在这首词中有"晓来雨过，余踪何在？一池萍碎"的句子，注解上提到，苏东坡说，杨花落到水里面就变成了浮萍，这也就是杨花另外一种可能的命运。这杨花可能被吹上玉雕阑，这杨花可能被踏入沙间，杨花也可能被青鸟衔去。他所写的都是借用杨花，写杨花的遭遇和命运，但也都暗示自己的遭遇和命运。那杨花还有一种遭遇，它不飞上玉雕阑，也不被踏入沙间，也没有被青鸟衔走，这杨花怎么样呢？杨花落到水池里，变成了一池萍碎，变成了一池的浮萍。花虽然没有了，苏东坡说："晓来雨过，余踪何在？"一场雨下过了，杨花的踪迹没有了，杨花不见了，剩下了"一池萍碎"，变成了满池的浮萍。如果我们推测杨花的遭遇，它不飞上玉雕阑，不被践踏到沙间，不被青鸟衔走，它可以落到水池里边，杨花虽然不见了，它变成了另外一种生命生存下来，它变成了浮萍叶子生存下来。

人，也许你的身体死了，可是你有一种品格遗留下来，你有另外一种超然于肉身之外的精神遗留下来，也许就像他当年的好朋友陈子龙一样有不朽的精神留存下来。夏完淳曾编有《三子合稿》之诗集，三子就是李雯、陈子龙和宋徵舆这三个好朋友。那夏完淳是谁呢？夏完淳是陈子龙的学生，夏完淳是一个很了不起的人，而夏完淳几岁就死了呢？虚岁十七岁！实岁十六岁！夏完淳是一个很了不起的人，他品格上了不起，才华上也了不起。夏完淳是夏允彝的儿子，夏允彝跟陈子龙又是好朋友，所以夏完淳私淑陈子龙，他是把陈子龙当老师的。当清朝入关，明朝灭亡的时候夏完淳只是十三四岁的童子，他十四岁就跟他的老师、他的父亲参加了反清复明的革命运动。第一次失败时，他父亲夏允彝就跳水自杀了，然后第二个死的就是他的老师陈子龙，当军事失败的时候他的老师也跳水自杀了。当时的夏完淳只有十六岁，被清军捉去，但清军很同情他，这么聪明这么有才华，而当时审判他的人是汉人洪承畴，他在当时非常有名望，可是后来他投降了清朝。洪承畴很爱惜夏完淳的才华，因为他被捉去的时候才十六岁，当他参加反清复明的军事运动时才只有十五岁。所以洪承畴说，十五六岁的小孩哪会有叛逆的行为，因惜才而替他开脱。但夏完淳却对他说："你哪是洪承畴啊？我所知道的洪承畴是有气节不降清的洪承畴！哪里是满清用女色诱惑就投降变节的洪承畴呢？"夏完淳正义凛然大骂洪承畴，当然后来夏完淳就被杀了。

在当年清兵入关的时候有多少人殉节死难了？而特别是李雯故乡的人，陈子龙是云间人，夏允彝是云间人，连这十五六岁殉节死难的童子夏完淳都是云间人。可是李雯的命运能避开他的那些羞辱吗？这是没有办法的，所以他说："一春幽梦绿萍间。"李雯认为这些像是梦，像那些人一样，杨花入水是变了，生命消失了。"一春幽梦绿萍间"，他只是一个梦想，他再也不能改变自己在尘沙之间的命运，他再也不能够在泥沙间飞起来了。

他后面再接着说："暗处消魂罗袖薄，与泪轻弹。"这又有一个出处，也是苏轼的《水龙吟》词，前一句的出处，见于苏词自注，这比较明显，至于"与泪轻弹"或"与泪偷弹"这一句，出处就不大明显了。其实这也是出于苏东坡的词："细看来不是杨花，点点是离人泪。"所以杨花不但与那绿萍有关系，杨花与眼泪也有关系。因为苏东坡的词说，满空中飞舞的杨花像是离人的眼泪，什么季节杨花飞舞？是在春天离别的时候杨花在空中飞舞。而春天走的时候，你所爱的人也走了，我们不是说"折柳送别"吗？杨柳总是一个送别的象征，"杨柳"即象征离别。所以他说当春天走的时候，当满空中杨花在飘舞的时候，正是我们人类把美丽的春天送走了，把我们所爱的人也送走了，由我们这些悲哀怨别的人来看，满空中飞舞一点一点的杨花，正像是我们离人的一点一点的眼泪。所以苏东坡说："细看来不是杨花，点点是离人泪。"

现在李雯写的是杨花，苏李两个人写的都是杨花，李雯写的是杨花的各种遭遇。如果有一个女子，在杨花飘落的季节伤春，为了这杨花遭遇的飘零而悲哀、伤感，是"暗处消魂"。你看他前面写杨花这么多不幸的遭遇，当然使人怅惘消魂。而这种消魂就李雯而言，就是心中说不出来的悲哀、痛苦、悔恨。有的时候人的悲哀是可以说出来的，比如说，我悲哀我的祖国灭亡了，像王夫之，他可以说出来，因为我并没有投降，我没有羞辱，我为我的祖国灭亡而悲哀，这是我可以说出来的。但是李雯他有什么资格说，他现在已经做了清朝的中书舍人，他可以去对人家说我为明朝的灭亡而悲哀吗？他没有脸面去对人家说。所以"暗处消魂"。这个女孩子穿的是罗衣，"罗"，代表的是很轻很薄。轻跟薄又代表什么呢？那是抵抗不住外边风雨的侵袭和寒冷。这样的单薄在寒冷的风雨侵袭之下，我没有办法抵抗。所以是"暗处消魂"。这真是悲哀、羞愧，我没有地方躲藏，没有地方隐蔽，没有地方保护，这就是"罗袖薄"。所以这个女孩就流下泪来，流下泪来又怎么样呢？就用她的罗袖来擦泪。古代的衣袖很长很宽，而这个罗袖上是沾满了她自己的泪点。而李雯在这里用了一个"与"字。词在叙写感情时是非常精微、非常细致的。他不是说眼泪偷弹，而是"与泪"，什么东西与泪呢？现在你们就要回过头来看他写的是"杨花"，我的罗袖上沾的是我自己消魂的眼泪，我的罗袖上也沾着飞舞的杨花，而飞舞的杨花苏东坡说它也是像眼泪一样，所以我就把我的眼泪跟我衣袖上沾惹的杨花，一起弹落了。我没有脸面，我连哭泣都见不得人，我连流泪都不能让人家看见。这李雯写得真是羞耻，内心真是惭愧。所以他说："暗处消魂罗袖薄，与泪轻弹。"（《箧中词》作"偷"弹）你经过这么多的悲哀，这么多的痛苦，连说都不敢说，连流泪都不能让人看见，这种羞愧的感情是很深刻的。这是写得很好的一首词，因为它这里面有这么多的典故，这么细微的心思，这么深沉的悲哀。同学在讨论的时候，有很多疑问，所以我给大家做了一个简单的说明。

至于王夫之就不同了，所以我说人之所以一生变成一个悲剧，有的时候是性格造成的，有的时候是命运造成的，有的时候是当你在命运的遭遇之中，看你的性格是怎样去面对、去反应的。王夫之跟李雯不同，王夫之是一个非常坚强、坚忍而且非常重视品格道德的人。历史上记载王夫之是湖南衡阳人，王夫之不但没有投降给清朝，王夫之遇到的第一次考验是李闯的考验，因为当清朝还没有打到湖南来的时候，是李自成的军队先打到湖南来。你要知道当李闯流窜到湖南时，王夫之的名气给他带来了麻烦，像李雯说的："为谁飞上玉雕阑？"你的名声、才华愈高愈是容易沾惹上麻烦。李闯到了湖南，知道王夫之的声望很高，就要王夫之到他手下做官。王夫之认为李闯是叛贼，他不肯屈从，就逃走了。李闯就把他的父亲捉去，威胁王夫之说："你如果不出来替我们做事，我就把你的父亲扣留，甚至可以把你父亲杀死。"

在中国人的观念中，忠与孝两个字是非常重要的，但在这个时候王夫之忠孝哪能两全呢？如果不出来做官势必牺牲他父亲，那就是不孝，而如果出来做官那就是不忠。于是王夫之就用刀、剑把自己砍伤了，然后叫人抬着他去见李闯。他对李闯说："你叫我来交换我的父亲，我来了，请你放我父亲回去。"可是他遍体是伤，行动都有困难，几乎残废了，还能替李闯做事吗？于是李闯无可奈何，就放他和他的父亲回去了。

王夫之是用这样的苦肉计让李闯释放了他的父亲，自己也没有受到屈辱，他是一个这样坚忍的人。当清朝入关后，南方也各自立了小朝廷，王夫之本来也希望小朝廷能恢复明室，当时南方立了桂王，他就依附桂王。

我刚才在另外一班也讲了，以汉族的立场来说，满族是敌人、是异族。但是明朝也不是一个好的朝廷，你如果看看明代的历史，明代的一些皇帝，那真是淫乱、残暴，而明朝的那些官吏也是贪赃枉法，明朝是个非常腐败的朝代，所以农民才会在各地发难起义。甚至到了后来崇祯皇帝死后，北京沦陷，明朝已经灭亡了，这些南方的小朝廷本来须励精图治，改过自新，可是他们争权夺利的毛病还是没有改变，所以南明也很快地灭亡了。虽然清朝占领北方，但是中国土地那么大，南明可以据长江而自守。但是南明还是很快地败亡了，这就因为南明的几个小朝廷自己内部都还是争权夺利，腐败颟顸。

王夫之曾经一度依附桂王，他的忠爱是想恢复明朝，可是看到这些朝臣如此的败德、淫靡及争权夺利，他很失望地退隐了。他退隐到哪儿呢？他退隐到湖南的一个荒山之中，这个荒山叫石船山，所以后人称他为船山先生。他是一个有理想的人，他不但要自己有最好的品德人格，而且也想把他自己所体会的做人的道理传给后代的人。他把自己读书的心得、体悟写了下来，他有不少的著作传下来，所以王夫之是个了不起的人。他也写小词，也写明清之间的乱亡，可是他跟李雯的心境是不同的。在他的《蝶恋花》后面那"梦里鹅黄拖锦线，春光难借寒蝉唤"几句词，他的感情是深重的，是专一的。我就是怀念我的故国，我的朝廷，我的梦里边是"鹅黄拖锦线"，是那春天的柳树生命的美好。

我曾经说，好的词是有很多的潜能，这几句可以给我们两个联想，一个联想的可能是说过去的明朝，也就是我的祖国存在的时候，像春天时鹅黄嫩绿的柳丝拖着像锦线似的长条，是我对旧日明朝的怀念。还有一个联想的可能，他不是曾经侍奉桂王永历的朝廷吗？他也曾经希望永历朝能不能有这样美好的日子，有一个光荣美好的未来。"梦里鹅黄拖锦线"不也可能暗示对小朝廷有这样的期待和盼望？可是旧的明朝灭亡了，永远不会回来了，而小朝廷是这样的淫乱腐败、争权夺利，没有希望。"春光难借寒蝉唤"，那美丽的春天再也不会回来了，而我就像这秋天的蝉。这首词写的是衰柳，蝉是落在柳树上，蝉所托身的是衰柳，也就像王夫之所依附的这个国家是衰败的、灭亡的。我在这个树上想把春天呼唤回来，我是一只在衰柳上的寒蝉，是没有办法借着我的感情，借着我的愿望，借着我的呼唤，就把那美好的时光呼唤回来的，这就是"春光难借寒蝉唤"。他写得也很好，可是他表现的感情跟李雯是不同的。

## 附录

### 蝶恋花 衰柳
#### 王夫之

为问西风因底怨？百转千回，苦要情丝断。叶叶飘零都不管，回塘早似天涯远。

阵阵寒鸦飞影乱。总趁斜阳，谁肯还留恋？梦里鹅黄拖锦线，春光难借寒蝉唤。

# 吴伟业

万事催华发！

论龚生，天年竟夭，高名难没。

吾病难将医药治，耿耿胸中热血。

待洒向、西风残月。

好，今天我们就要再讨论第三个词人吴伟业了。我也把他的生平为人简单地介绍给你们认识。吴伟业，字骏公，号梅村，江南太仓人。明万历三十七年（公元一六〇九年）生。弱冠，举崇祯辛未科（公元一六三一年）会试第一，廷试第二，官至少詹事。与马士英、阮大铖不合，假归。清世祖闻其名，力迫入都，累官国子监祭酒。以病乞归，康熙十年（公元一六七一年）卒。伟业尤长于诗，少时才华艳发，后经丧乱，遂多悲凉之作。著有《绥寇纪略》《梅村家藏稿》《梅村诗余》《秣陵春杂剧》等书（见宏业书局出版《近三百年名家词选》）。这要你们自己再去看，所以今天我们就以讲吴伟业的作品为主了。吴伟业是另外一个经过了明清之际国破家亡、易代鼎革的一个作者。

我曾说清词之所以兴盛是因为他们经历了一个这么样考验人的苦难的时代。我现在简单介绍一些参考的材料：叶恭绰所编的《广箧中词》（他是民国早期的人）、谭献编的是《箧中词》。叶恭绰所编的是《广箧中词》，在他所编的词集前面有一篇序文论到清朝初年的词，他说："丧乱之余，家国文物之感，蕴发无端，笑啼非假。其才思充沛者，复以分途奔放，各极所长，故清初诸家，实各具特色，不愧前茅。"他说整个清朝初年的词，因为经过了国破家亡的变故，所以说是"丧乱之余"。经过了这样的丧乱败亡，"家国文物之感"，有很多人是亡家破国了，父亲死了，儿子也死了，这是家国灭亡的痛苦及感慨。还有"文物之感"，清朝入关是异族，他们是满族，一入关就下薙发令叫男子要把头发剃掉留成辫子，这一件事汉人非常不能接受，因为中国传统孝的教育是说身体发肤受之父母，不敢毁伤。而现在清朝不仅是要人们剃掉头发，而且还要人们把衣服的式样也都改成为满族的样子。

一切的文化、事物、礼法、制度都改变了，所以叶恭绰说："丧乱之余，家国文物之感，蕴发无端，笑啼非假。"因为他们有这么多的悲慨蕴藏在心里边，这愤懑是要发出来的。无端，就是说找不到一个头绪。至于李雯的词写得那么复杂、那么深刻，这真是不知道从哪里来说的感慨，所以说是"蕴发无端，笑啼非假"，因为他们真的有这样的经历，真的有这样的悲哀和痛苦，所以他们写出来的感情不是吟风弄月，不是舞文弄墨，不是自命风流，不只是可以作两首诗写两首词，写一些风花雪月漂漂亮亮的句子。他们的悲哀、欢喜、感慨各种感情的表现非假，都是非常深刻，非常真诚的，没有一点虚伪。"其才思充沛者，复以分途奔放"，何况在这些人中，每一个都是有思想、有才气、天赋特别好的人。李雯是云间三子之一，是个出类拔萃的人。王夫之，后来是清初的三大学者之一。吴伟业也是一个出类拔萃的人。吴伟业不但词写得好，诗也写得好，当时是江左三大家诗人中最出名的一位。这些"才思充沛者","复以分途奔放"各展所长。因为他们都是有才华出色的人，所以当他们下笔来写词，遂表现出多方面不同的情思和风格，这是清词所以复兴的又一个原因。同样是经历国破家亡不说，同样经历国破家亡的人，不但有不同的经历，而且有不同的才华，不同的性格，表现了不同的感情。

李雯、王夫之二家，我们讲的都是小令，吴伟业我们要讲的是一首长调，他的作风与李雯、王夫之完全不同，真是"分途奔放"，各逞所能。清朝早期的这些词人，每个人都有不同的特色、不同的性格。因此他们的好处是"各具特色，不愧前茅"，所以他们开启了清朝整个一代词的复兴。这有种种的原因，有环境背景的原因、有作者个人的才华和遭遇的原因，这些都是清词复兴的原因。我们看了三家，这三个人都是不同的。

我现在要告诉大家吴伟业又有什么不同呢。你们要把历史跟文学都当作有生命的东西来看，不要只把它们看成是书本上死死板板的文字。吴伟业的生平是特别值得注意的，他可真是受到明朝特殊的恩遇。他在崇祯四年会试第一名，廷试第二名，也就是榜眼。会试，是在首都集合全国的举人所举行的考试。当时乡试的第一名叫解元，会试的第一名叫会元，如果殿试还是第一名那就是状元，也就是所谓连中三元。吴伟业是会试第一名的会元，殿试第二名的榜眼，他有很高的天分，考试考得好还不说，当时主考官周延儒是他的房师，看他考卷的人是李明瑞，这中间有一些复杂的关系。当时的副宰相叫温体仁，与正宰相周延儒两个人不合，温体仁认为考试有弊，考官有私心，争执不下。后来怎么解决这件事情呢？他们就把卷子拿给崇祯皇帝看，由皇帝做主，崇祯皇帝亲自看了吴伟业的卷子以后说："正大博雅，足式诡靡。"他认为吴伟业的文章写得文辞雅正，足以给那些写得诡靡的人做模范。皇帝说他的文章好以后，那别人也就不敢再争执了。此时吴伟业才刚过二十岁，年轻得意，少俊未婚，皇帝亲自叫他回故乡去完婚，这还不说，崇祯皇帝还特赐金莲宝烛，并赐冠带。皇帝把他御座前点的黄金莲花形的蜡烛台赏给了吴伟业，并给他各种赏赐让他回到故乡去完婚。吴伟业真是集才华、荣耀于一身，才二十刚出头就睥睨不可一世，后来他怎么样了呢？

吴伟业早岁参加了复社的活动，复社当时的领导人叫张溥。吴伟业参加了复社以后，张溥对他非常器重，张溥和吴伟业一起参加的崇祯四年科考，吴伟业考的名次比张溥还高，所以当时吴伟业的声华词藻名重一时。

明朝亡后，吴伟业曾经十年不出仕，后来就有人把他推荐给清朝。那些推荐的人各有各种不同的心态，有的人真的是认为这么有才干的人应该出来做事，而有的人就像晋朝的嵇康写信给山涛在《与山巨源绝交书》（《文选·卷第四十三》）所说的，他自己沾染了污秽也不愿意看到别人是清白的，也要拉别人跟他一样同流合污。还有的人是想，在朝廷政党争权夺利的斗争中，如果把吴伟业拉了进来就更增加了我们这个政党的势力。在当时的情势之中本来吴伟业不想出来做官，但是他的父母年老惧怕飞来横祸，所以吴伟业的仕清，实有不得已之情。

关于在顺治十年，他被逼迫出来给清朝做官时的心情，他后来在死前病中给他的儿子写的一封《与子疏》中曾有说明。他要给他的儿子说他一生的经过。你们要知道如果他的儿子年纪很大，对于父亲一生的经历都会了解，那就不用留遗疏。可是吴伟业晚年得子，他五十四岁时才有儿子，而他六十三岁时就死了，那时他儿子才不过是八九岁的童子。八九岁的童子怎能知道一个父亲身经的国变忧患？将来如果有人对吴伟业的品节有所訾议的话，这个做儿子的怎能知道这其中的是非曲直和他身不由己的苦衷？因此他给他的儿子留了一封遗疏。疏文中说："荐剡牵连，逼迫万状。"荐，就是推荐的意思。剡，就是奏章。为什么推荐的奏章叫剡呢？剡，本来是一个地名，是一条水名，叫剡溪。这条溪的水造出的纸很好，所以当时写公文都用剡纸，所以推荐的公文就叫荐剡。"荐剡牵连"的意思，就是推荐他的奏章接连不断。"逼迫万状"，他们不肯放过吴伟业。"老亲惧祸，流涕催装"，他父母已经是七八十岁的人，恐怕家门遭到祸害。清朝要他出来做官，而他不出来，这岂不是抗旨？而且吴伟业以前参加过复社的活动，而复社、几社都曾有反清复明的举动。所以他当时不忍心让年老的父母担忧，也不忍心让父母受到株连。所以他说："老亲惧祸，流涕催装。"所以他就出来做官了，出来做官以后又怎么样了呢？

他出仕清朝后，不过两年多，他的伯母张氏去世了，而他的伯父无子，所以吴伟业就上了一封奏疏给皇帝，他说他的伯父无子，而他自己愿意给他的伯父为嗣子。既然他过继给他的伯父，那么他的伯母去世他也要守制，因此他就告假回乡，而从此以后他再也没有出来做官，所以我们可知他本意原是不愿仕清的。

吴伟业一向身弱，当他被荐仕清时曾大病一场。我们现在要讲的这一首词是《贺新郎·病中有感》。这是他在被荐举不得已仕清后，在大病之中几乎死去时，所写的一首词。我曾经引了叶恭绰的《广箧中词》，在当时明末清初有些作品之所以感人，是因为他们"蕴发无端，笑啼非假"。他们身经国变，内心的感受就不知不觉流露出来，不管是欢喜还是悲哀都是他们内心真情的流露。所以说："丧乱之余，家国文物之感，蕴发无端，笑啼非假。"而且"才思充沛者，复以分途奔放，各极所长"。清初的各家都各具特色，而吴伟业跟李雯及陈子龙几乎是同年的人，但遭遇不同，作风也不同。就像《广箧中词》所说的："才思充沛者，复以分途奔放。"所以你们可以看出一个诗人或者词人，他们的成就实在是受时代的背景、个人的性格、生活的遭遇，还有他的才情等各种原因所影响。

　　天之生材，有长有短，有高有下。陈子龙、李雯所走的路是小令，也叫令词。我曾写过一篇有关陈子龙的文章《谈令词之潜能与陈子龙词之成就》（见万卷楼出版《词学古今谈》），希望大家找出来看一看。陈子龙的词都是小令，李雯的词也大多是小令。小令有小令的成就，他们继承了《花间集》令词的传统，写得篇幅短小，而且写的题材大都是伤春啦、美女啦，而在伤春、美女的叙写之外还有一种言外深意，这是《花间集》一向的作风。我以前也曾经说过，中国词学的演进，自五代以来并没有停止在《花间集》的风格中而已，自从苏东坡他们这一些人出来以后，改革了《花间集》的传统，变成了诗人的词，可以抒写自己的思想、志意、怀抱等，不再只写美女及爱情。而且这样的作者如苏东坡、辛弃疾等用写诗的眼光及手段来写词，就把他们自己的学问、思想都写了进去，而且用了很多典故。苏东坡用得还不算多，辛弃疾的长调典故用得更多。

谈到吴伟业的生平，他在很年轻的时候就考了会试第一名，廷试第二名，这个人真是有才。什么又叫作有才呢？就是用文辞表现的能力出色。而要想具有这种文辞出色的表现能力，有一个非常重要的因素。

我在台湾及大陆都曾教过诗词，有很多学生听了，他们认为诗词真的是很有意思，用那么短的语言说出那么多的情意，那么我们也有很多话要说，我们跟老师学写诗词好不好呢？我说好，不过你们要读、要背几十或几百首后再来跟我学。我说，这就像盖一幢房子，你们看到这幢房子这么大、这么漂亮，你们也想盖一幢，可是你们有建筑的材料吗？你们有设计的艺术眼光吗？什么是建成这幢房子的材料？就是积存在你们腹笥中的博学多识，如果你想表达你自己，你有丰富的语汇来表达吗？你用什么样的词句来表达？这些有才的人，都是因为博学所以多才。他对中国的旧书不管是经、史、子、集，读得非常熟，只要一下笔，历史上的人物、故事、言语都纷纷来到他的手下。吴伟业是这样一个有长才的人，所以吴伟业不但词的长调写得好，他的诗更是好，在清朝初年号称江左三大家之一。而且他的长篇歌行体的诗也很有名，像《圆圆曲》之类，写得非常好。因他经历了国亡，而他在清朝也做了官，在六十三岁才死去。所以他长篇的歌行，是反映了明清之际的当代史实，这些都是很好的作品。不过我们现在不讲他的诗，我们先来欣赏他的词。

你们已经知道他的为人、他的遭遇，知道他词风的改变，知道他为什么改变：第一，因为他经历很多，所以要讲出来的话也很多；第二，因为他真是长才，所以不知不觉他的感情跟他的词句就奔赴到他的腕下，也因此而滔滔滚滚，一反令词的风格。现在我把他的这首词先念一下：

## 贺新郎　病中有感

万事催华发！论龚生，天年竟夭，高名难没。吾病难将医药治，耿耿胸中热血。待洒向、西风残月。剖却心肝今置地，问华佗解我肠千结。追往恨，倍凄咽。

故人慷慨多奇节。为当年，沉吟不断，草间偷活。艾灸眉头瓜喷鼻，今日须难决绝。早患苦，重来千叠。脱屣妻孥非易事，竟一钱不值何须说！人世事，几完缺？

这首词写得真是悲歌慷慨，他的内心有多少的悲哀和遗憾？"万事催华发"，很平常的一句，但是他写得多好！"华"，就是花的意思。我们说头发花白了，你的黑头发里边开始有了白颜色的头发，我们叫花白。当然，人总会衰老的，但当你经历忧患苦难后，你的头发就花白得更厉害了，所以他说"万事催华发"。"万事",他生平一切悲哀苦难的经历。我曾给大家一些参考的材料,里面有他写给他儿子的遗疏,其中就有几句说:"一生遭际,万事忧危,无一刻不历艰难,无一遇不尝辛苦。"你们如果对明清之际的历史不了解,就对他所说的话不会十分清楚。可以说他的艰难危险是从他会试第一名,廷试第二名就开始的。在他考试的时候主考官正宰相及副宰相之间有政治斗争,所以他考上之后就平白地被人家说有舞弊之嫌。在以前的科场案中如果舞弊之名真的成立的话,就有满门抄斩之祸,这是很严重的罪名,而且他复社的老师张溥也卷入了政治斗争,所以吴梅村的一生真是有很多危难,我现在没办法仔细讲,只能说一些大概。

人,当然是会衰老。可是在这种苦难、危险之中,你的精力所受到的挫折跟摧毁就更多。所以李后主说:"林花谢了春红,太匆匆。"我们人的一生本来就是非常短暂。何况无奈的还有"朝来寒雨晚来风"。人生是有这么多的风雨,无怪他要说:"万事催华发!"这第一句就包含了很多他平生的悲慨。

吴伟业是位学养很丰富的人,他对历史非常熟悉,接下来他就想到一个古人。我曾说人都要接受考验,古人也是要经历考验的。"论龚生,天年竟夭,高名难没",这说的是汉朝的龚胜。在汉朝王莽篡位时,龚胜跟他的朋友邴汉相约不仕新朝,辞官归去。当王莽正式篡立后,史书记载:"莽既篡夺,遣使者拜胜为讲学祭酒。"王莽要龚胜出来当国立学校的校长。这里吴伟业用典用得很妙,因为吴伟业本人被推荐仕清后,他的官衔也是国子监祭酒,而龚胜也是被推派出来要当祭酒。吴伟业真是有学问,用的典非常恰当，他有很多话不能说，他不能在词里直说我不愿意仕清，所以他用了很多典故。

龚胜是曾被王莽请出山做祭酒，但是龚胜不愿意。他说我年纪这么大了，早晚就要死了："今年老矣，旦暮入地，谊岂以一身事二姓，下见故主哉？"遂不复开口饮食。所以龚胜就绝食死了，死后又怎么样呢？这时龚胜是七十九岁。我们不知道人生在什么时候要遭到考验，也许是在很年轻的时候，也许是要活到桑榆晚景的七十九岁时考验才来到。你这时能通过人生的考验吗？所以吴伟业说得很好："论龚生，天年竟夭。"我们常说人应该享寿天年，也就是自然地死去。人生七十古来稀，本来七十九岁差不多也是生命快走到最后了，而龚胜竟然在这时才遇到了考验，也竟然以饿死保全了他的名节。所以说"天年竟夭"，在这么高的年寿时竟然遇到考验，而竟然夭亡。夭，就是中途意外死去，是外来的因素而非自然死去，他是绝食饿死的。吴伟业是非常感慨的，所以说"论龚生，天年竟夭"，七十多岁了竟然活活饿死，不能终享天年。不过他虽然是饿死的，可是"高名难没"，他终竟通过了人生的考验，他这种崇高节义的名声千古都不会被磨灭。这是一个典故，他没有再说下去，只举了一个历史人物的故事。

接下来他再说："吾病难将医药治，耿耿胸中热血。"他说我这次病得这么重，没有药能治我的病。因为他经历了这么多的忧患痛苦，他说我的身体有这么多的疾病，可是我的内心是"耿耿胸中热血"。难道我就是这样一个甘心于屈辱污秽的人吗？不是的！"耿耿"，就是光明，如你点了一盏灯，而那一点的光明一直不肯熄灭就叫耿耿。我内心之中有一点光明不肯磨灭掉，这是我胸中的热血，这是我的品德、我的忠爱，可是我心内的热血向谁来证明？

"待洒向、西风残月"，他说我胸中虽残留有那一点光明，但我的身体已经污秽了，谁会相信我的内心还有这一点光明？我只能把我的热血洒向那凄凉凛冽的秋风之中，在那残缺将要沉落的月光之下，我只能面对这样凄凉的景况。我无法向人说明我胸中不磨灭的忠爱，我有什么资格向人说呢？所以吴梅村给他的儿子留了一封遗疏，他说当时："老亲惧祸，流涕催装。"以表明自己受到这种屈辱是不得已的。他再说："剖却心肝今置地。"我愿意剖开心来给大家看一看，把我的心肝抛在地上让大家看个清楚。"问华佗解我肠千结"，"华佗"，这又是一个典故。他是三国时代名医，他给人治病其实用的就是外科医生的手术。如果有人内脏有病，他就把人的内脏剖开洗涤干净，再把病灶切除，然后敷上膏药这就好了，传说中华佗有这样的医术。吴梅村说，我的疾病是我内心的忧伤、悔恨、悲苦，我解不开我自己心里的结，就像人家说的心有千千结，我就是有这么多愁结，所以我生病了。如果我把自己的心肝抛到地下，是不是就有一个像华佗这样的神医，能够给我内心这种千回百转忧恨纠缠的愁肠解开？有吗？

"追往恨，倍凄咽"，他说我追想往日我内心的悲哀悔恨。你想他受到崇祯皇帝当年如此的厚爱，如此的重恩，撤了殿前金莲烛台给他回乡完婚，如此种种的厚爱。他也曾依附南明的福王，但是并不能恢复大业，最后被迫仕奉清朝。而当时像陈子龙这些人跟他年纪相若，他这些同辈结果都怎么样了呢？所以他说"追往恨"，我过去有多少忧愁、悔恨，我现在真是"倍凄咽"。我有说不出的凄凉，哭不出的哽咽，这真是"追往恨，倍凄咽"。这是它的上半首。

下半首他接着说："故人慷慨多奇节。"我的老朋友，跟我同年龄的，同辈分的，他们那样的激昂慷慨，有多少不平凡的、不磨灭的品节。他的朋友抗清死难的，像陈子龙、像杨文骢，还不只是这些人，像陈子龙的朋友夏允彝、夏完淳父子，这些都是江南人，都是吴梅村的故友，他们都殉节死难了。

只有我"为当年，沉吟不断，草间偷活"，只因为我为当年的一点沉吟，不能决断。什么叫沉吟呢？沉就是沉思，翻来覆去地想。吟呢？我们说沉思吟想，有时一个人想到出神了，口里就念念有词是做还是不做呢？这就叫沉吟。心里边沉思，口中还念念有词的，这样就叫沉吟。他当然不是心甘情愿来出仕清朝，他也曾经沉思吟想犹疑不决，可是他就没能在当时下一个决断，坚持自己不出山仕清。就这么一个念头，他就"草间偷活"。从此后也只能忍辱偷生，该死的时候没有死，这就叫偷活。什么叫"草间偷活"呢？吴梅村不愧是有才的人，他读的书多，一下手那些典故就纷纷来到他的笔下。草间偷活也有个典，在晋朝时王敦是叛将，他带着叛军攻打晋朝的正规部队，即六军，六军兵败，此时掌六军的叫周𫖮，他手下的长史叫郝嘏，还有他左右文武都劝周𫖮避难，可是周𫖮却说"吾备位大臣"，我占了国家的一个官位，做了国家的大臣，"朝廷倾挠，岂可草间偷活"。"倾挠"，就是朝廷倾覆了，朝廷有危险。当国家有了危险，我周颢怎么能够在草间苟且偷生，而去投身胡虏呢？这就是草间偷活的典故，这说的是在朝廷危险时不肯投降的人。可是我吴梅村为了当年一念之差，沉吟不断，落得如今草间偷活。他说你们现在若要给我治病，那真是"艾灸眉头瓜喷鼻，今日须难决绝"。吴伟业的长调作品典故很多，就跟辛弃疾一样。"艾灸眉头瓜喷鼻"，是中国古代治疾病的一种方法。《隋书》记载，有一人名麦铁杖，"辽东之役，请为前锋，顾谓医者吴景贤曰：'大丈夫性命自有所在，岂能艾炷灸额，瓜蒂喷鼻、治黄不差，而卧死儿女手中乎？'"他说一个大丈夫男子汉应该把生死看成命定，我怎能够拿艾草绑成一捆，然后点燃艾草而来针灸我的额头呢？什么叫"瓜蒂喷鼻"呢？就是用艾草在额头针灸时，若温度太高呼吸不畅，就拿比较凉的瓜蒂放在鼻子上给他通气，这是瓜蒂喷鼻的典故。吴梅村说现在你们用艾草来针灸我的眉头，用瓜蒂喷我的鼻子来给我治病，但是"今日须难决绝"，今天我在临死之前，我还是不能解开我内心的郁结，泯除我所有的愧悔。

天下有不同的人，像曹操这一类的人是宁可我负天下人，只要是对我怀疑的、只要是对我猜忌的、只要是跟我夺权的，我都要想尽办法把他消灭，这是宁可我负天下人。可是也有一种人是宁可天下人负我，而我不负天下人。因为人家负你，你可以原谅人，这个原谅在你，如果你对别人有了亏欠，你一生无法挽回，就像李雯的愧疚，吴伟业的愧疚。因为当你内心做了对不起人的事情，这个结就没有办法解开。所以有同学问我：为什么孔子说：

"朝闻道，夕死可矣！"什么是道？孔子又曾说："仁者不忧。"什么又是仁者？孟子曾说："仰不愧于天，俯不怍于人。"上面没有对不起天，下面没有对不起人。我内心反省没有一点过错，我就可以没有亏欠。可是吴伟业没有办法，他说，我内心的肠忧郁千结，一直到死也没有办法解开。"决绝"，在这里不是指平常的断绝，在前面的沉吟不断也是不能够断决的意思，可是这难以决绝的这个"决绝"，不是平常的决绝，是在死生之际你能够安然地面对死亡的判决吗？我前面讲过李雯的那首《风流子》，他说："难把一樽轻送。"如果春天走了，我可以准备一杯送春的酒，来把春天送走。可是我对于明朝的灭亡，对于过去的朋友，过去的理想和志意，我都辜负了，我内心没有平安，所以我不能若无其事地只拿一杯酒就把春天挥送，因为在我内心有多少各种不同恩恩怨怨的感情。现在再回过头讲吴伟业，他说"今日须难决绝"，我今天在临死的时候真是难以面对死亡。

陶渊明的《归去来辞》说："聊乘化以归尽，乐乎天命复奚疑？""化"，指的就是宇宙天地运行的大化。寒来暑往，人的生老病死，宇宙自然的运化，人是无法违逆的。所以陶渊明说，当死亡来临的那一天，我就顺着它，顺着这古往今来运行的大化，走向我人生最后的道路，这就是"聊乘化以归尽"。什么是"乐乎天命复奚疑"呢？上天给我的命寿，我应该有多少年寿就快乐地承受，我还有什么可疑虑的？我还有什么可困惑的？《孟子·尽心篇》曾说："仰不愧于天，俯不怍于人。"《论语·颜渊篇》也曾说："内省不疚，夫何忧何惧？"你仰起头来对上天，你没有亏欠天理。你低下头来面对世人，你没有亏欠亲友，你向内心省察自己，你没有做过罪咎有愧的事，那你内心还有什么困惑疑虑呢？可是李雯做不到这一点，吴伟业也做不到这一点，这就是因为他们内心有愧疚。

前几天有个同学来问我，做人应该怎么样完成自己？西方有个哲学家亚伯拉罕·马斯洛（A. H. Maslow）写了两本哲学的书，一本是《人类生存的心理》，还有一本《自我的完成》。不管是中国的哲学家或是西方的哲学家，他们认为人生最重要的一件事情就是你如何完成你自己。李雯跟吴伟业之所以愧欠，因为他们是有了内疚。所以吴伟业说："今日须难决绝。"我临死也难以安然死去。

"早患苦，重来千叠"，我们曾经说过，从他二十三岁殿试第二名，考中了榜眼开始，当时就卷入了政治斗争，差一点酿成科场案。以后我们如果有机会讲到纳兰成德，讲到顾贞观及他两首最有名的《金缕曲》，就会谈到清代的一些科场案。顾贞观的两首词是为谁写的？是为被贬放到宁古塔的吴汉槎，词题中称他为"吴季子"写的。吴季子为什么被贬放呢？因为他牵涉到一件很大的江南科场案件。在古代考试舞弊算是欺君之罪，如果罪名成立，后果是很严重的。我今天再补充一些资料，当时给吴伟业看卷子的房师李明瑞是什么人？他就是吴伟业的父亲吴琨的好朋友。我曾说吴伟业曾拜复社的张溥为师，又是谁把他介绍给张溥呢？也是李明瑞。如果当时崇祯皇帝不是一个明君的话，那吴梅村是很难逃过这一场考试的政治斗争的。而他是被周延儒选拔上的，他的房师是李明瑞，李明瑞的好朋友又是张溥，而当时张溥、周延儒在朝廷里存在着很多政治党争的纠纷。以后福王在南京建立了小朝廷之后，根据吴梅村后来给他的儿子所写的遗疏说当时是："常虑捕者在门。"一直在担心说不定哪天就把我捉走了，那时说的还不是清朝，那说的是南明的小朝廷。所以他说我的平生真是"早患苦，重来千叠"，我的忧患、我的苦难从很年轻时就重重到来。

你们有没有发现他在这首词里面，用了很多的数目字。万事催华发的"万"事、问华佗解我肠千结的"千"结，还有这里的早患苦重来千叠的"千"叠。我常向你们说，你们作文章尤其是作诗，要避免用重复的字，这是对一般人而言。因为你肚子里根本没有很好的东西，而你还老重复，那真是很乏味。但是对真正有感情、有心胸志意要表达的，那你想要怎么表达，就无妨怎么表达。我的心里边确实有万千的愁恨，我觉得我所有的忧愁苦难是千千万万，所以我就说"万"事催华发，我就说我的肠"千"结，我就说我的患苦是重来"千"叠。你们一定要注意分别诗词的好坏，诗词的评赏没有绝对的法则，重复字句就一定是坏的？那可不一定，你要从它的整体来看。

"脱屣妻孥非易事"，我们上次说过了，吴伟业跟李雯的不同，不但因为他们的经历、他们感情的质量不同，他们的才赋也是不同的。李雯的禀赋是属于比较幽微、纤细的才思。人天生下来就是不一样的。而吴伟业是属于比较飞扬、奔放的才思，所以吴伟业长篇的诗、长篇的歌行写得洋洋洒洒、浩浩荡荡，写得真是好。

吴伟业早年也写过小词，你们都知道词是从《花间集》开始的，它本来写的都是美女与爱情，所以不管陈子龙也好，李雯也好，吴伟业也好，他们都写过短小的描述美女跟爱情的令词。可是一旦经历了挫折打击，变成有很多话要说的时候，吴伟业就把他自己另一面的才华呈现出来，开拓了一个新的途径。本来在清朝早年的词坛里，不脱陈子龙、宋徵舆、李雯这"云间"一派所笼罩，而吴伟业以他对历史典故的博学，以他作长篇歌行的才华写了长调，他开拓出来这激昂慷慨，极为奋发的词体。虽然他是挫折的，虽然他是羞辱的，但是他内心里有一种激昂奋发的气势，他内心虽然悔恨，可是他气势并非软弱。我们说他对历史典故很熟悉，所以有那么多材料来写。他说"脱屣妻孥非易事"，这句也有个出处典故。其实有些个典故你看它或不看它，并没有很必然的关系，这只是一个出处。在《史记》的《封禅书》里边说："于是天子（指汉武帝）曰：'嗟乎，吾诚得如黄帝，吾视去妻子，如脱屣耳。'"这是说汉武帝有一次封泰山，封禅也就是祭祀山川，不免要提到古代的轩辕黄帝，黄帝曾在鼎湖炼药，后来他成为神仙。之后汉武帝听说黄帝可以炼丹成仙，他说："如果我要是像轩辕帝一样可以成为神仙，我绝不留恋我的妻子、儿女，我撇弃我的妻子儿女就像脱掉一双旧鞋一样。"就像三国时的刘备一样，有一次人家对刘备说，夫人被敌人捉去了，你可要赶快想办法。他却说，我看重的是关张结义的兄弟，"兄弟如手足，妻子如衣服"，衣服旧了就换件新的，不要它了，这是脱屣妻孥的出处。可是吴伟业又说"脱屣妻孥非易事"，你真要撇弃你的家属也不是一件容易的事。当年他受屈辱的时候上有年老的父母，下有妻子儿女，实在没有办法，一个人可以自己去死，但是能够让父母、妻儿老少一家子都跟我牺牲吗？但是我毕竟是错了，不管我怎么不得已我也是错了。

"竟一钱不值何须说"，现在我是一分钱也不值了，因为我是羞辱的、亏欠的。一钱不值当然也有出处，因时间来不及，只好请同学自己去看。他说我的生命已经一钱都不值了，这还有什么话好说。

"人世事，几完缺？"我们刚才说到《论语》上的话，陶渊明的话，还有西方的哲学家的话："人要怎么样完成你自己？"人间的事几完缺？不错！我们都应该追求一个完整的人格。我们都应该有一个自我的完成。你自己的力量能够完成吗？经过考验的时候你能够完成吗？吴伟业说，我何尝愿意有亏欠？但在人生的考验之中几个人是完？几个人是缺？几个人通过了考验保全了自己？"人世事"，是"几完缺"？

这首词写得真是感慨万端。有很多人以为这是吴伟业的临终绝笔，认为这是他临死前写的一首词，但是有一个叫作谈迁的写有《北游录·纪闻》，却认为这不是吴伟业临死写的词，写这首词距离他的死还有十年之久。我们后来知道这首词不是他死前的作品，但当他病得很重的时候哪里会晓得自己真的是会死还是不死呢？所以他那时的心情按理说是跟死前是差不多的，只是他这一次还算幸运没有死就是了。他在临死之前真的给他儿子写的就是那封遗疏，他对于自己的过去有很多反省和忏悔，最后他还嘱托他的家人说，我死了以后不要请任何人给我写墓志铭。中国古代的墓志铭一般都是歌功颂德，但是吴伟业生平这么屈辱，又怎能让人写墓志铭呢？他说，我死后你们不必替我写墓志铭，你们只要找一块石头，没有棱角的圆石头，上面只写"诗人吴梅村之墓"就好了。因为墓碑本是有棱角方形的，但是他就是不要碑铭，所以他只要圆石就好。他要让世人知道，我所有在人间完成的，就只有我的诗。

而且我们还要说，一个人早死或晚死，你有没有完成你自己？像太史公司马迁受到腐刑，这是人间最屈辱的刑罚。他说，我之所以当时没有就死去的原因，因为我要完成的事情尚未完成。如果司马迁当年就死了，那么我们今天就没有这么一部了不起的《史记》了；如果吴梅村当年就死了，我们也就看不到吴梅村的诗稿，那么多记载明清易代之间，种种人世间、社会间现象的诗歌了。所以他完成的是一个诗人，而且他的诗歌确实反映了当时的历史，自有他的意义与价值，而且在美学上，在诗歌上也有不可磨灭的成就。后来有一位诗人叫宗元翰，他在《题吴梅村先生写照》一诗中就曾说："苦被人称吴祭酒，自题圆石做诗人。"这就是说吴梅村最苦恼的一件事情，就是被人叫作吴祭酒，因为这是清朝给他的职位。当年他被清朝召到北方，他从江苏起身经过淮南的时候，他曾写过一首诗叫《过淮阴有感》，其中有"我是淮王旧鸡犬，不随仙去落人间"之句。崇祯皇帝吊死在景山殉国了，吴伟业认为那时候他也应该跟崇祯皇帝一起死，因为崇祯皇帝对他那么好，所以他说："我是淮王旧鸡犬。"这是一个历史上的故事，从前汉朝有位淮南王，他学道成仙化去，他所炼的仙丹妙药被他家的鸡跟狗吃了，鸡和狗也都成了仙。而吴梅村他真的受过崇祯皇帝的恩遇，因此他后悔当时没有跟崇祯皇帝一起殉难，以致落到今天这么屈辱。所以他说："我是淮王旧鸡犬，不随仙去落人间。"

我们以前也说过，在他死前留给他儿子的遗疏里，他也很真诚地提到过顺治皇帝对他很好，在他生病的时候顺治帝很关心他，曾赏赐很多的医药来治他的病。因此也有人说吴伟业人品不堪，早年仕明而后降清，而且文字里提到清帝对他怎么好，但是顺治帝真的不是一个坏的皇帝。刚才我们讲到汉武帝刘彻曾说："如果我真的能够成仙，那么我就抛弃我的妻子儿女跟脱掉一双旧鞋一样。"而关于顺治皇帝则有一个传说，他曾宠爱一个妃子叫董鄂妃，而在董鄂妃死后只有半年的时间，顺治皇帝也死了。但民间却传说顺治帝不是真的死去，而是因为董鄂妃死了，他也就到五台山出家去了。所以后来的康熙皇帝才会好几次到五台山参礼佛像，其实是去探望他的父亲顺治帝。这个故事说明了顺治帝感情是这么深厚。

而且我还要说一点，我从前在讲李雯的时候，在讲王夫之的时候，在讲吴伟业的时候，我们是站在他们的立场，以一个汉民族对于异族，即满族入侵我们中国，我们都是从这个角度讲的，我们都是站在汉族的立场上来讲的。而满族之得天下，并不是他们自己来攻明朝，当时北京已经沦陷在李闯手中，是吴三桂请清兵入关的。而清兵入关之后曾替崇祯皇帝办了很大的丧礼，对于汉人有文采有才华的都予征召任用。而且你们要知道，他们一入关就接受且承认汉民族的文化，所以他们的皇帝从小就读中国的经书，他们完全受汉民族文化的熏染。以后我们将有机会要讲一个满族词人：纳兰成德。而第一本词谱即是康熙皇帝钦定而且是他开雕的。清朝刚开始的几个皇帝并不是那么坏，至于他们打到南方来，就像古人说的："卧榻之侧岂容他人鼾睡。"他们要统治这个国家，当然要把反抗他们的势力消灭，站在他们的立场也是不得不这么做。

顺治皇帝本人又是怎么样的一个人呢？在孟心史的《清史讲义》中论及顺治，说他"媚佛而不以布施土木病民"。顺治皇帝是个信佛的人，孟心史用了一个"媚"字，含有不好的意思，其实这就是相信的意思。顺治皇帝相信佛家的哲理，所以他到五台山出家了。可是有些人信佛是迷信，做了许多坏事，却拜佛求福而并不自己修行，这是迷信。而顺治皇帝信佛，他所追求的是佛教真正的哲理，所以说他"媚佛而不以布施土木病民"。宠妾而没有使后宫干政。我曾说他不是宠爱董鄂妃吗？而在董鄂妃死后半年，清史说顺治皇帝也死了，而按照民间的传说是说顺治帝出家去五台山了。所以我们从顺治的生平来看，他其实对人生的哲理有很深刻的了悟，这种超脱使他撤弃了万乘之尊。古今中外为了争夺帝位，为了夺权，付出了多少惨痛的代价，而顺治帝却能撤弃万乘之尊。所以孟心史说他："理解之超，情感之笃。翛然忘其万乘之尊，真美质也。"对于他所爱的人感情的深厚，能够翛然地把一切都摆脱，这是最好的哲理，最好的真情，能够把一切都看开。

"翛然忘其万乘之尊，真美质也"，连汉族人孟心史也赞美他，他本身的材质真是美好。还有《清史大纲》第六章第二节，曾经有专章讨论顺治皇帝的重视法律、爱护人民，他注意延揽人才，这都有专章记载。

我之所以讲这些，是为了说明不能因为吴梅村在文章里记载了顺治皇帝对他好，就说吴梅村是无耻的。吴梅村也是有感情的人，他对明朝的皇帝当然有感情，他既然不得已降了清，而清朝的皇帝对他也不错，当然他也感激。一件事情我们应该分开几个层面来看。好了，我们现在真的是不得已，我们就把吴伟业结束在这里。

# 陈维崧

晴髻离离，太行山势如蝌蚪。

稗花盈亩，一寸霜皮厚。

赵魏燕韩，历历堪回首。

悲风吼，临洺驿口，黄叶中原走。

现在我们来看另外一个作者陈维崧。我们讲过的李雯、王夫之、吴伟业，那真是如同叶恭绰在《广箧中词》说的："蕴发无端，笑啼非假。"他们真的是经过了一个天地变革忧患重重的时代，是中心有所蕴藏而自然就发出来的，这是他们这一派的成就。到了陈维崧的时候，这是清朝的词达到一个全盛的时代了。在此之前是个发端的时代，现在则是到了全盛时期。全盛时期有几个重要的作者，我们说清词之所以兴盛是他们付出了破国亡家的代价，所以清朝初年有这么多出色的词人，这当然是一个原因。但是如果仅只是这样的话，它只能够在开端的短期有一段兴盛。清词它是从清初一直到清末，不同的阶段有不同的成就。

清词另外一个兴盛的原因我也曾说过，因为加入清词写作的作者，都是一时才智之选，在创作上、在研究上、在学术上都是有很了不起的成就的人，还有当时创作的风气是很盛的，仅是云间一地就有那么多的词人。至于陈维崧则是江苏宜兴人，中国古代把这个地方叫阳羡，而阳羡也是词风很盛的。清朝词的流派很多，因为各地区的作者多，才能形成派别，否则一个人怎能成派？而这么多的作者因之能成派别，也就是每一个地区有每一个地区的词人，有每一个地区的风格。云间有云间的风格，阳羡有阳羡的风格。其实他们的词派是很多的，在严迪昌所写的《清词史》里记载，清词的流派有十几个之多，而清词的流派里面最重要的三派就是：阳羡派以陈维崧为领袖，浙西派以朱彝尊为领袖，常州派则以张惠言为领袖。

现在我们要讲陈维崧，要从不同的眼光来看他。陈维崧是一个怎样了不起的词人？他又建立了怎样的一个风格呢？陈维崧编有一本词集《今词苑》，还编有《妇人集》。他自己的创作则有一千数百多首，古今的词人要论数量之多，陈维崧可说是无人能比的。当然他也有追随者才能形成流派，像蒋景祁也是阳羡人，编有《瑶华集》，曹亮武编有《荆溪词初集》，不但如此，他们这阳羡一派以为他们自有源流。他们说南宋的词人蒋竹山（蒋捷）也是阳羡人，而且他们还自负说我们阳羡人不但词写得好，而且人品也高洁，因为蒋竹山在南宋亡了以后是终身不仕的。

而陈维崧的伯父陈贞达曾经做过顺天府的知事，在李闯入京的时候骂贼而死，陈贞达的儿子入清以后也是终身不仕。陈维崧曾经考过乡试而后并没有再高中，家道中落。因为他家遭遇到一件不幸的事情，就是他的父亲陈贞慧，也就是明末四公子之一，另外三位是桐城的方以智、商丘的侯方域、如皋的冒襄。他们当时组织了复社、几社，常常议论朝政，特别是反对明朝的宦官。陈贞慧和吴应箕一同草写过《留都防乱檄》，那是在崇祯十一年。也就是在明亡前不久，京都已经非常危乱的时候，他们提出怎样抵抗民间的叛乱，也对宦官做了非常严重的批评和攻击，因此被捕入狱，后来吴应箕死了，陈贞慧侥幸被释放，南明灭亡以后隐居不仕，在顺治十三年就病死了。所以我们刚才说到陈维崧家道中落，那就是因为他父亲经过了一段被拘捕的患难，而且在明朝败亡以后他父亲一直没有出仕，所以他们就家道中落了。

陈维崧在幼少年时期，一直是生长在富贵繁华的环境中。他父亲是明末四公子之一，来往的都是一时俊彦。陈维崧在十岁的时候就表现出他出色的文学天才，曾替他的祖父写文章，受到他父辈的惊叹和赞赏，已经崭露头角。入清以后曾补诸生，未中举人，兼家道中落，一直到康熙十八年才举博学鸿词科，授官翰林院检讨，不数年称病归隐，卒于家。

他的词气魄大，笔力遒，可惜微欠沉郁。刚才吴伟业说的"人世事，几完缺"，人间什么都要好，你怎么能够这么幸运呢？所以古人说："丰兹啬彼，理讵能双？"你这一边的东西得到的丰富了，那另外一边的东西得到的就少了。人不但命运难以完美，一个人的才也各有所偏。因为陈维崧的风格是劲大、力遒，所以他就比较不能够沉郁，他喷发的力量太大了，所以沉淀的分量就不够，你不能要求一股水又喷射又沉淀。这就是像我们刚才所说的对一个朝代或一件事情、或是一个人，都要从多方面来看，才能够看得周全。以前我们讲过的李雯、吴伟业他们的词是有很多幽微曲折的地方，所以我们要慢慢地讲。现在到了陈维崧我们可以讲快一点，以气胜的词它是滔滔滚滚、洋洋洒洒，你一念就会被它打动了。现在我们就来念陈维崧的两首词：

# 沁园春

赠别芝麓先生，即用其题《乌丝词》韵

四十诸生，落拓长安，公乎念之！正戟门开日，呼余惊座；烛花灭处，目我于思。古说感恩，不如知己，卮酒为公安足辞？吾醉矣！才一声河满，泪滴珠徽。

昨来夜雨霏霏，叹如此狂飙世所稀。恰山崩石裂，其穷已甚；狮腾象踏，此景尤奇。我赋将归，公言小住，归路银涛百丈飞。氍毹暖，趁铜街似水，赓和无题。

## 又

归去来兮！竟别公归，轻帆早张。看秋方欲雨，诗争人瘦；天其未老，身与名藏。禅榻吹箫，妓堂说剑，也算男儿意气扬。真愁绝，却心忧似月，鬓秃成霜。

新词填罢苍凉，更暂缓临歧入醉乡。况仆本恨人，能无刺骨，公真长者，未免沾裳。此去荆溪，旧名笔画，拟绕萧斋种白杨。从今后，莫逢人许我，宋艳班香。

这两首词陈维崧是写给芝麓先生，向他告别的。现在我要考考你们，谁还记得芝麓先生？芝麓先生就是龚芝麓。我们开始讲李雯的《风流子》底下有个小题"同芝麓"三字，你们还记不记得？这位芝麓先生投降了两次，他比李雯他们受的屈辱更大。人家李雯跟吴伟业只投降了一次，这位龚芝麓真是没有脸面，李闯进城他投降了一次，等清朝入关他又投降了清朝。这天下的事情真是难说，龚芝麓他自己受到了两次的屈辱，但是他用他在清朝的地位保护了很多明末的志士，所以天下的事你很难只用一个观点来判别是非。我们刚才说过陈维崧的伯父陈贞达是骂贼而死，而他现在这一首词却是写给投降了李闯的龚芝麓，这是为了什么？因为陈维崧终其身未遂科第，一直到四五十岁也没有一官半职，他父亲被捕入狱，家道中落，贫困不堪，而龚芝麓在朝中显赫，又喜接济这些潦倒困顿的人，所以陈维崧对龚芝麓是非常感激的，因此写了这首词送他。我现在把这首词大概地讲一讲。

附题是"赠别芝麓先生，即用其题《乌丝词》韵"，《乌丝词》是陈维崧早年的词集。

"四十诸生，落拓长安，公乎念之！"他的词非常口语化，我这么一念，你们大概就明白了。他说我陈维崧一直到四十岁也没有考中一个举人，四十岁了还落魄在首都，谁顾念我陈维崧呢？那就是龚芝麓先生。

"正戟门开日，呼余惊座；烛花灭处，目我于思。""戟门"，就是大官的衙门。有人守卫的，因为龚芝麓做的是高官。陈维崧这里的意思是说，你那高官的门打开了，把我请了进来，大家都惊讶，你怎么请了这个落魄潦倒的陈维崧？"烛花灭处"，他用了一个《史记》上的典故，即灭烛留客。古时有一个主人把其他的客人都送走了，只留下一个他最看重的客人淳于髡。把蜡烛熄灭了，表示宴会已经结束。"目我于思"，你特别看得起我，看得起我什么呢，"于思"又是什么呢？于思是连鬓的胡子，有的男人胡子头发长得很茂盛，而且从头发直连下来到胡子，这就叫于思。一般来说，这样的人血气都是很强盛，所以陈维崧的才气有他的特色。他说，你特别欣赏我这个大胡子，这是"目我于思"。

"古说感恩，不如知己，卮酒为公安足辞？"古人说是感恩，不错，你如果周济我，接待我，我应该感恩。可是我所感激你的不只是你对我好，我感恩。"不如知己"，你了解我，欣赏我，引以为知己，这让我更为感激。"卮酒为公安足辞"，所以我要为你饮一杯酒，我要敬你一杯酒，为了你我不会推辞的！

"吾醉矣！才一声河满，泪滴珠徽。"现在我已经喝醉了，我才唱了一首离别的歌曲，泪珠就滴落在琴的弦柱上。"河满"，也就是河满子。本来是一个唐朝歌者的名字，他因为犯了法，要被处死。在临刑前，他要再谱一个曲子，就是后世相传的《河满子》，看能不能免刑，但是最后还是被处死了。据说《河满子》是一个非常感动人的曲调，后来到了唐文宗的时候，文宗快病殁时，后宫有一个孟才人，她就对文宗说："如果你死了，我也一起和你殉葬，不过我自杀以前要为你唱一曲《河满子》。"《河满子》的曲调非常哀怨，她才开口一唱，就肠断而死。所以在《唐诗三百首》

里就有一首写的是："故国三千里，深宫二十年。一声河满子，双泪落君前。"

陈维崧在这里的意思是，我现在写这一首词，我才下笔写这首词，就泪滴珠徽。徽，就是琴柱上的标志，这个标志就叫琴徽。很珍贵的琴它上面的记号是用珠玉做的装饰，这就叫珠徽。"泪滴珠徽"的意思，就是说，我的眼泪洒满在琴上。琴，古人认为它是最能传达你内心的心声的。关于琴有很多的故事，古人说，你心念一动，从琴音里就表现出来了。所以俞伯牙鼓琴，钟子期听琴说："巍巍乎，志在高山，洋洋乎，志在流水……"高山流水也就是知己、知音的意思。所以他说"一声河满"，就"泪滴珠徽"。后面下半片陈维崧接着又说："昨来夜雨霏霏，叹如此狂飙世所稀。"这个可能是他写这首词的前一天晚上真的下了雨。"叹如此狂飙世所稀"，"狂飙"，就是大风。他说，这么大的狂风暴雨还真是少见。

"恰山崩石裂，其穷已甚；狮腾象踏，此景尤奇。"这个大风雨，它的声势真像山崩石裂，一切都困穷到极点，所有的东西都毁坏了；又好像狮子、大象在奔跑，这种景象真是奇特。"狮腾象踏，此景尤奇"，这几句他表面好像形容风雨，其实"山崩石裂"，他暗示的是自己的穷途困顿。"狮腾象踏"，暗指的是他不受拘束、豪迈洒脱的才能。这几句他是借下雨的形象来写的。"山崩石裂，其穷已甚"，这写的是"穷"。"狮腾象踏，此景尤奇"，这写的是"奇"。这"穷"跟"奇"说的就是我陈维崧命运之"穷"，我的才能之"奇"。

"我赋将归，公言小住，归路银涛百丈飞。"陈维崧是江南人，龚芝麓现在是在京城。他说，我偶然来到京城，看看有没有什么仕宦的机会，但是一直都没有，所以我只好回去了，但是你却怜才还要留我再住下。你们在这里可以看到这都是排偶的句子，"我赋将归，公言小住"，甚至前面的"四十诸生，落拓长安，公乎念之！正戟门开日，呼余惊座；烛花灭处，目我于思。古说感恩，不如知己……"这都是骈偶的对句，"山崩石裂，其穷已甚；狮腾象踏，此景尤奇"，这都是一排一排并列的句子。接着下一句"归路银涛百丈飞"，这一句的形象用得也很不错。刚才写风雨用的是"山崩石裂，狮腾象踏"，这里又用"银涛百丈飞"。陈维崧又说，我就是要回到我的故乡去，我要走的路也不会是平安的，也不会是平静的，前面还有多少的忧苦患难在等待我呢？

"氍毹暖"，"氍毹"，就是毛毡，也就是地毯一类的毛织物。龚芝麓当时的官职已相当高，所以在他的宅第之中有这么一个温暖可遮蔽风雨的地方。

"趁铜街似水，赓和无题。""铜街"，就是首都的街道。在古时的洛阳有一条街叫铜驼街。所谓"似水"唐人也有诗说"天街似水"，也是指天子所在的京城街道。"似水"，夜晚的时候像水一样地柔和平静，月光如水照在街道上。"赓和无题"，我们可以写词来唱和，这唱和的题目是"无题"。因为我们都是要发泄表达我们内心很深厚的情意，不是被任何的题目可以约束住的。

我们现在如果每一首都像这样说也来不及了，我们选读的这二首词都是送给龚芝麓的，这二首词基本上都是写陈维崧自己的落拓不平。

　　清初这些词人各以他们的才华，不但开创出来不同的风格，而且他们每个人对于词有不同的看法。我们下面将要讲几首他的小令；我们将看到为什么陈维崧能够把他的小令写得这样地雄伟，有这样的气势，而脱除了闺阁园庭伤春怨别的传统风格？因为陈维崧曾有这样的讲法，在他自己编的《今词苑·序》中说："盖天之生才不尽，文章之体格亦不尽。"所以他的开创是有心来开创的。他说上天生下我们每个人的才能是不相同的，所以我们每个人所表现的作品风格当然也是不同的。他再说："要之，穴幽出险，以砺其思。"他说主要地说起来，如果你能写得很深刻就好像你找到了一个洞穴探测到它最幽深的地方，你能够把最难写的情况写出来，就好像探险出了险境，这是不容易的，也就是说写得愈深刻也就愈能加强、磨砺你的才思。又说"海涵地负，以博其趣"，这是说，你有这么开阔博大的气势，就好像大海涵育在其中，就使得你的才思、感情都能纳入，不是只能够写美女跟爱情，不是只能写伤春跟怨别，而是像大海一样无所不容的，是像大地一样无所不能负载的。所以说"海涵地负，以博其趣"，这样就能扩大你作品的气势。又说"穷神入化，以观其变"，你能够知道一切神妙的变化，才能使你的文章不落入俗套。"竭才尽虑，以会其通"，竭尽你的才能，用深远的思虑，然后才融会贯通。你如果能做到如此，那么"为经、为史、曰诗、曰词，闭门造车，谅无异辙也"。不管你作什么，你写出来的可以是经书，可以是史书；或者你写的是诗，或者你写的是词，你不管外边的人是怎样的，你自己只要懂得这些基本的原理，古人不是说闭门造车吗？你如果懂得这些原理，那你造出来的不管是大车、小车，两个轮子或是四个轮子，都是可以行走的。也就是陈维崧认为，你如果有这样"穴幽出险、海涵地负、穷神入化、竭才尽虑"的才能和修养，那无论你写出什么样的作品来都是好的。

从陈维崧所提出来的这些理论，你们可以看到，他是要有所开创的。所以他才说："天之生才不尽，文章之体格亦不尽。"为什么你们这些作词的人都只能写同样的体裁呢？为什么你们都要写伤春怨别，美女跟爱情呢？我就是不写它，我也要写出好的作品来。陈维崧是有他的自觉的，所以他的小令跟一般人的小令是不同的，这是我们之所以要选他一首小令做例证的原因。

现在我们就要看一首陈维崧的短小的令词。有些词你只要一念，体会它那个气势就好了。我先把它念一遍。

## 点绛唇

晴髻离离，太行山势如蝌蚪。稗花盈亩，一寸霜皮厚。

赵魏燕韩，历历堪回首。悲风吼，临洺驿口，黄叶中原走。

"晴髻离离，太行山势如蝌蚪。稗花盈亩，一寸霜皮厚"，你们发现我念的"行"字跟"厚"字是与平常读音不同的。中国的历史太长久了，关于字的读音，一般有所谓多音字，它们词性不同，读音就不同了。你说银"行"（háng），你不能说银"行"（xíng）。你说"行"（xíng）走，你不能说"行"（háng）走，是不是？有的因为词性不同，读音就不同。有的是因为古代的读音跟现代的不同，是古今的音不同；有的是这个地区跟那个地区的读音不同，这是方音的不同。这首词中的"稗"花盈"亩"，一寸霜皮"厚"（hǒu）。末字的读音跟那个"太行山势如蝌蚪"，是押韵的。所以像这样的词，就不是李雯他们那些讲什么言外之深幽窈眇的潜能（potential effect），它不是这样的，陈维崧的词讲求的是它的气势。

"晴髻离离"，他说，你看太行山在晴空之下，一个一个的山头，像什么呢？就像女人头上盘的发髻一样。"离离"，是清清楚楚地看到。"太行山势如蝌蚪"，蝌蚪，是蛤蟆或青蛙的幼小时期。诗人想象太行山的山势像一个个的蝌蚪在游过来一样，他是用动的动物来比喻静的山头。辛弃疾有一首很有名的词："迭嶂西驰，万马回旋，众山欲东。"辛稼轩是用万马奔腾的马来比喻山势；而陈维崧是把一个个的蝌蚪来比喻一座座的山头。

"稗花盈亩"，秋天的季节正是原野上稗子花开的时候，漫山遍野都是稗花。"一寸霜皮厚"，此时天气已经冷了，在这些草木之上都下了严霜，所有的绿草都让白色的霜给遮盖了。他是写在秋天寒冷的季节，草木结成厚霜的景象。这都是写在秋天广阔原野上的荒凉。接着他再说："赵魏燕韩，历历堪回首。"古代的盛衰兴亡，在这里经历了多少历史上的战乱，我们可以在历史上回想赵、魏、燕、韩这些战国时的国家。

"悲风吼",一阵一阵悲凉的秋风吹来。"临洺驿口",我站在这古代交通的要站临洺驿口上。"黄叶中原走",黄叶就是落叶,落叶被风吹得满地回旋。这表示什么呢?这是表示我们中国大地上盛衰兴亡的战乱历来都不断,所以他用黄叶中原走的形象,形容国家动荡。

好,我们现在看了陈维崧的一首小令,果然与那些儿女柔情不同。陈维崧改变了清词的风格,拓展了词的内容,他写出了这么雄伟的小令,写出了这么开阔的内容。再如我们还选录了他的一首《纤夫词》,是同情劳苦大众的作品,这样气势磅礴的作品都是他的开拓,我们都应该承认他的成就。


## 贺新郎　纤夫词

战舰排江口。正天边、真王拜印,蛟螭蟠钮。征发棹船郎十万,列郡风驰雨骤。叹闾左、骚然鸡狗。里正前团催后保,尽累累锁系空仓后。捽头去,敢摇手?

稻花恰称霜天秀。有丁男、临岐诀绝,草间病妇。此去三江牵百丈,雪浪排樯夜吼。背耐得土牛鞭否?好倚后园枫树下,向丛祠倩巫浇酒。神佑我,归田亩。

这首词写得当然很有感慨，也很有气势。可是我们现在讲的是词，陈维崧的词是有他的好处，但诗跟词是有不同的地方，诗是言志的，是直接写你自己内心的感情、思想、志意而能打动读者的心，即是好的作品、好的诗。而词这种体式则不然，词有一种特殊的美感特质，要以曲折、深隐为美，能够引起读者言外的感发和联想的才是好的词，你们一定要注意到这点。

我不是说陈维崧的作品不好，他的作品其实也是很好的，他的作品有"诗"之美好的特质。他的气势、他的感情、他的内容、他直接感发的力量，你一念就可以感觉得到。而且很多人也都很欣赏他的作品，因为它有诗的好处，我们一定要承认这一点。可是有一些比较重视词之特质的人，就说这样的词不是好的词，是词里的好诗，但不是好词。现在我简单地介绍一下陈维崧，陈维崧工骈体文，填词多到一千四百余首，与朱彝尊齐名，号称朱陈，前人评语说"然其词豪纵有余，深厚不足，读之甚少余味"。你们看到这是前人对他的评语，他的词我们一念一读觉得他真是好，可是不耐人吟味。评语又说"盖学稼轩而未至者"，说他是想学辛弃疾但是学得不够好。要说到豪放的词里边写得最好的，是豪放但同时也有词的曲折委婉之美的，那非辛弃疾莫属。辛弃疾的词真的是好，那真是英雄豪杰，真是豪放，但又盘旋曲折。我们上次说过词的风格，你不能要求它又喷薄而出，也要它同时又沉淀。陈维崧的词是喷射这一类，整个是喷发出来的，写得不够沉郁。而辛弃疾真是做到了既喷发又沉郁这两点。他既有英雄豪杰奔腾的气概，可是又是如此深厚曲折又盘旋沉郁。辛弃疾真是一个了不起的词人，不过今天我们并不是讲他的词。

前人对陈维崧的批评也是对的。像陈维崧只是表面上的豪放，他盘旋沉郁的地方真是不够，他像是小孩玩的水枪射箭一下子就喷射出来了，没有太多的余韵。但是他的作品多，也算是清词的一大家。谢章铤《赌棋山庄词话》云："稼轩是极有性情人，学稼轩者，胸中须先具一段真气奇气，否则虽纸上奔腾，其中俄空焉，亦萧萧索索如牖下风耳。"这是在批评陈维崧这一派人，"学辛弃疾而未至者"有感而发的。陈维崧的词确实有他的好处，有他开拓的那一面，但是我们也不得不承认他的词不耐人寻味，因此也就不合乎词所要求的美感特质。所以有一些对词之美感特质较注意的批评者，就认为他的词是不够好。不过陈维崧的词里面有些佳作，则是既有他本来天生豪纵的一面，而同时也有相当的盘旋沉郁，保留了词所要求的曲折深隐之美感的，即如下面要跟大家讲的《夏初临》这首词，现在我也先将它念一遍。

## 夏初临　本意

癸丑三月十九日，用明杨孟载韵

中酒心情，拆绵时节，蘼腾刚送春归。一亩池塘，绿阴浓触帘衣。柳花搅乱晴晖，更画梁，玉剪交飞。贩茶船重，挑笋人忙，山市成围。

蓦然却想，三十年前，铜驼恨积，金谷人稀。划残竹粉，旧愁写向阑西。惆怅移时，镇无聊掐损蔷薇。许谁知，细柳新蒲，都付鹃啼。

我们现在先看它的题目："本意"，就是说我所写的内容就是
这个词的牌调名《夏初临》。在这首词内是说夏天刚刚来到的时
节，他写作是在什么时候呢？他说是在癸丑那一年的三月十九日，
那一天已经是初夏的气候了。中国阴历的三月十九日已经是阳历
的四月下旬左右，在大陆上天气已经开始热了，夏天来了。这首
词前半首写的都是初夏季节的景色，可是它的后半阕，一转，就
完全不一样了。在我们的参考材料上有注解说，这一首词是陈维
崧在康熙十二年癸丑（公元一六七三年）所作的，三月十九日点
明作词的日期。可是你们要注意到，这是一个非常特殊的日子，
从他写这一首词的癸丑年向上推溯三十年前，就是明崇祯皇帝
十七年，即公元一六四四年的甲申年，就是这一年李自成攻入了
北京，崇祯皇帝在三月十九日自缢死在煤山，明朝就灭亡了。所
以这一首词实在是感慨明亡的一首词，可是他写得非常曲折，而
不是像前面那些写他自己的牢骚感慨那么奔放，那么不含蓄。他
说，"中酒心情，拆绵时节，鹭腾刚送春归。一亩池塘，绿阴浓触
帘衣。柳花搅乱晴晖"，以上所写都是初夏景物。下面的"更画
梁，玉剪交飞"，这说的是燕子已经在梁上筑巢，燕子的尾巴像剪
刀一样交叉；接着"贩茶船重，挑笋人忙，山市成围"，以上所说
的则是初夏时人们生活的景色。

"蓦然却想，三十年前，铜驼恨积，金谷人稀"，"铜驼"就是
我刚才说的，晋朝洛阳有条铜驼街，晋亡后铜驼街上的铜驼都让

蔓草给淹没了，这写的是亡国。"金谷人稀"，"金谷"就是洛阳的金谷园。这也是写朝代的改变，这一切的景色也都改变了。因时间关系我现在只是简单地解说。

"划残竹粉，旧愁写向阑西"，有一种很粗大的竹子，竹子上绿皮的外面有一层白色像霜粉的东西，这是竹粉。他是说：我如果把我的相思愁恨，都刻画在竹皮外边的霜粉上，我是要划了多少多少的痕迹呢！"旧愁写向阑西"，上面所写的是我的忧愁，是我的悲恨。在我阑干的西面上那一片竹林，竹林上的竹粉都被我写满了这些幽恨的词句。

"惆怅移时，镇无聊搯损蔷薇。许谁知，细柳新蒲，都付鹃啼"，最后面的这两句是非常有深意的，"细柳新蒲"这四个字，一方面从表面上来说是契合这个题目的意思。在初夏的时候有那种很长很细的柳条，"新蒲"，是水边的蒲苇长出来的嫩叶子，这是表面上第一层的意思，是写"夏初临"初夏的景色。深一层的联想则他是用了杜甫的一首诗——《哀江头》的诗句，杜甫写的江头是唐朝曲江的江边。在安史之乱的时候，长安已经被安禄山占领了，杜甫来到曲江的江边，想到当年玄宗的开元盛世，每到春天的时候，曲江江头上仕女如云，而现在长安沦陷在安禄山的手中。又是春天了，草木无知，"国破山河在，城春草木深"。柳条还是像从前一样地绵长，蒲苇也像从前一样地碧绿。杜甫说："细柳新蒲为谁绿？"细柳新蒲在春天又碧绿了，这是为谁而绿？玄宗不在了，当时唐朝的首都已经沦陷了。人是有情的，你觉得悲哀，一切都改变了，而草木是无知的，所以草木仍像从前一样地碧绿。

　　陈维崧用了杜甫诗句里头的字，也是感慨明朝的败亡。初夏了，景物依然，细柳新蒲也都跟从前一样，可是明朝已经灭亡三十年之久了。所以他说："细柳新蒲，都付鹃啼。"有谁还有心情来欣赏这个细柳新蒲呢？这个有细柳如丝，新蒲碧绿，暮春初夏美丽的景色，都交给杜鹃的哀啼了！杜鹃，我们在讲李雯的《风流子》里说过，在李商隐的《锦瑟》诗也讲过："庄生晓梦迷蝴蝶，望帝春心托杜鹃。"杜鹃有很多层的意思，杜鹃的啼血、杜鹃叫的是不如归去、杜鹃是蜀帝魂魄之所化。所以这首词是前人认为陈维崧的词里边一方面有他豪放的特色，一方面还保存有相当多的词之特殊美感的作品。好，我们今天就在这里把陈维崧结束了。

# 朱彝尊

思往事，渡江干，青蛾低映越山看。
共眠一舸听秋雨，小簟轻衾各自寒。

今天我们要讲的词人是朱彝尊。朱彝尊，字锡鬯，号竹垞，他是浙江秀水人，也就是现在的嘉兴市。因为地理位置在浙水的西边，因此这一词派叫浙西词派。他是明朝宰相朱国祚的曾孙，在历史上记载虽然朱国祚位居高官，但是为人清廉，他去世以后，就逐渐家道中落了。到了他的曾孙也就是朱彝尊时，家中已清贫不堪。在朱彝尊幼时，他母亲即给他聘一冯姓女子为妻，到了朱彝尊十七岁该完婚时，朱家却拿不出聘金成礼，因此就入赘在冯家，由此也可见朱彝尊家中的贫寒。

今天我讲这个故事，还不只是讲朱彝尊的生平，以前我们讲的李雯啦、王夫之啦、吴伟业啦、陈维崧啦，我们讲的都是有关他们经历的明清易代之变，他们的感慨，他们的悲哀，他们仕宦的不得志，我们讲的都是这个。因为从《花间集》开始，一般士大夫就以为如果词里头只写美女跟爱情，就容易流为淫靡。我以前也曾举了像欧阳炯的那首小词："二八花钿，胸前如雪脸如莲。"这并没有什么深刻的内容，这是淫靡浮浅。所以我们的传统是认为，词要有言外之意，要让人寻思吟味不尽的才是好词，才是好的作品。但现在我要讲的就是朱彝尊的一首爱情词，不过他写的不是他跟他的妻子的爱情。他和他的妻子是父母之命、媒妁之言结的婚，所以他所写的爱情不是跟他妻子的爱情，那么是跟谁的爱情呢？是跟他的小姨的一段爱情。这在中国是不合乎伦理道德的事，因此他的这些爱情词写得非常地隐曲、非常地委婉。

　　我们接着再说他的生平，他少年遭逢丧乱。丧乱就是当时明清易代之际，先是有李闯的作乱，后来就是清兵入关以至明朝的灭亡，所以他是遭逢了丧乱。根据他的生卒年代算起来，他生于明思宗崇祯二年，在清圣祖康熙四十八年死的。在明朝灭亡的时候他才十五岁，而他家也是江南的士族，他的伯父、叔父、父亲都受了很好的教育。而且江南结社的文风很兴盛，参与这些文社的士子很多都曾举兵抗清过，所以朱彝尊跟这些文社抗清的志士也有过来往。他既年少就已亡国，没有来得及参加明朝的科举，入清后也从未参加清朝的考试。他是"弃举业而不为，独肆力于古学"，就是专心学古代中国的经史。"既长，以诗文知名当世。家道中落，依人远游"，他本来是在家乡教一些学生，他同乡有一位前辈叫曹溶，非常欣赏朱彝尊的才华，因此曹溶到各地去做官的时候就请朱彝尊到他的幕府之中，给他一个类似秘书的工作，他就跟随曹溶到各地方去，这就是"依人远游"。"足迹遍南北"，南方远到广州，北方他足迹到过山西雁门。康熙中，应博学鸿词试，考中以后他就做了翰林院的检讨，负责为皇帝写起居注，还充当日讲官。将皇帝每天的生活写下记录，这就叫起居注，是为了以后作历史的材料。而且他还充当日讲官。我曾经说过清朝这些皇帝很看重汉族的文化，他们请了一些很有学问的人来给皇帝讲经史，这就叫日讲官。他还参加修《明史》和《一统志》。《明史》是明朝的历史，《一统志》是记载地方的方志。后来他请假回南方故乡，终老于家。"彝尊为清初文坛名宿"，他是清初文坛上一个很有名的学者，"各体俱工"，他什么文体都写得好。他的学问真是淹贯经史，出入百家。

我曾经给各位讲到清代词兴盛的原因，不只是一个时代的因素，不只是作者的众多，不只是流派的众多，也不只是编选词集的众多，更是因为参与这些创作的文人都是非常博学的学者。就像朱彝尊他的学问淹贯经史，出入百家，"非徒以才华炫世者比"。他不只是写两句漂漂亮亮的风花雪月的词就算好的。他"退居多暇，著述甚富"，他后来辞官以后，有很多著作。最有名的有《日下旧闻考》《经义考》《明诗综》，还有《词综》，这是历代词的总集。他自己的全集叫《曝书亭集》，一共有八十卷之多，中间词就占了七卷。我们讲清初的这几个作者，李雯传下来的数量很少，而到了陈维崧、朱彝尊那已经是到了清词的全盛时期，他们两人的作品非常多。但是陈维崧的作风比较单纯，是以豪放为主；而朱彝尊他的词不但数量多，而且风格变化也多。

陈廷焯的《白雨斋词话》曾经评朱彝尊的词，他说："竹垞《江湖载酒集》洒落有致。"也就是说他《江湖载酒集》写得很好，你看他的题目"江湖载酒"，这是出于杜牧之的诗："落魄江湖载酒行，楚腰纤细掌中轻。"这三卷词是他从青年经中年至晚年，依人远游，到各地去谋生，在路途中所作的。在这个词集里边，有一些是他沿途经过各地名胜古迹，怀古的作品。我给你们介绍的第一首是他的小令《桂殿秋》，是写爱情的词，第二首《满江红·吴大帝庙》就是怀古的词①。他的《江湖载酒集》是他在各地方客游时写的词，都是写得很好的，因为他是个学者，他经、史、子、集，各方面的学问都很好，他怀古的词有历史的感慨、有典故的应用。除去怀古感慨的作品以外，他也像李雯、陈子龙、陈维崧他们一样，都有过一段听歌看舞、风流浪漫的生活，因此他也有听歌看舞的作品，也都写得洒落有致。

还有《茶烟阁体物集》组织甚工。他还写过《茶烟阁体物集》两卷，这个集子里面写的都是一些咏物的词。像我们以前讲过李雯的《杨花》、王夫之的《衰柳》，这些都是咏物的作品，我还请大家参考我从前写的文稿《论王沂孙的咏物词》(见《灵谿词说》)，我想你们现在对咏物词应该有一些印象了。朱彝尊还写过《蕃锦集》一卷，陈廷焯说他："《蕃锦集》运用成语，别具匠心。"什么叫作《蕃锦集》呢？就是他集合了别人美好的词句编集在一起，也就是集句的词集。古代的文人有一类的作品就是集句的作品，都是集合了别人的句子而写出来的作品。朱彝尊的这卷《蕃锦集》集的都是唐人的句子，那集得真是天衣无缝。我们真的是

---

① 玉座苔衣，拜遗像、紫髯如乍。想当日，周郎陆弟，一时声价。乞食肯从张子布？举杯但属甘兴霸。看寻常、谈笑敌曹刘，分区夏。　南北限，长江跨。楼橹动，降旗诈。叹六朝割据，后来谁亚？原庙尚存龙虎地，春秋未辍鸡豚社。剩山围、衰草女墙空，寒潮打。

时间不够，没有办法把他的各种词例，来举例欣赏。

陈廷焯赞美朱彝尊说他的《江湖载酒集》"洒落有致"，他的《茶烟阁体物集》是"组织甚工"，《蕃锦集》"运用成语，别具匠心"都好，"然皆无甚大过人处"，可是却没有超过别人很多，"惟《静志居琴趣》一卷，尽扫陈言，独出机杼，艳词有此，匪独晏欧所不能，即李后主、牛松卿亦未尝梦见，真古今绝构也"。古人写爱情的词也很多，但整个一卷词只写一个女子，也就是他的小姨，只写两人之间的爱情，这种情况是非常少的。陈廷焯说他这卷《静志居琴趣》完全不是陈言滥调，全是用他自己的内心感情创作出来的，不只是北宋的晏殊、欧阳修不能写出像他这样的爱情词，就是五代的李后主还有《花间集》里面的牛松卿，他们连做梦都想不到爱情词可以写得像这样好。所以陈廷焯说这真是自从有词集以来未曾有过的作品。

因为时间关系，我们无法对他的词全面介绍，现在我们就开始来讲朱彝尊的爱情词。在当时抗清复明的战乱之中，朱彝尊他们家族要避难，因为他们是居住在江南，江南多江流河渠，所以他们全家都坐船避难，在这个时候他和他的小姨就有了比较多的面对面的机会。在朱彝尊的作品里面写了很多有关坐船的情事，像有一首《渔家傲》的词，他说："一面船窗相并倚，看渌水。当时已露千金意。"他们坐在船上，同坐在一边。这个女孩子（也就是他的小姨）假装从船篷上的窗户看外边的渌水（因为当时船上有很多人，他们全家都在船上）。但是那个时候朱彝尊已经发现了她对他露出了一份情意，他对她也有了情意。因为朱彝尊曾教她写字，教她作诗，因此她欣赏朱彝尊的才华。

后来在朱彝尊写给他朋友的信中说，他因家中贫穷连娶妻都没有聘礼，只好入赘，婚后无以为生，只好以西席为业，有时依人幕下远游他乡，每次回到家中，家人辄交相责备。因为他生为男子而不能养家，以致家人都跟他过困苦的生活。而他的小姨却不管他的落魄，不管他的贫穷，还是一直很欣赏他的才华。

另外他还有一首词叫作《两同心》，其中有几句词："洛神赋，小字中央，只有侬知。"他曾教她写《洛神赋》，《洛神赋》是王献之写的十三行小楷的残帖，"静志"这两个字就是在《洛神赋》十三行残帖的中央。所以他说："洛神赋，小字中央，只有侬知。"他称所爱的女子叫作"静志"，只有我和你知道，因为他把他的小姨取名叫静志。这不是她家人给她取的名字，是她跟他学写《洛神赋》小楷时他给她取的名字。他们那时候常在一起，有的时候是游春的时候在一起，有的时候是逃难坐船全家都在一起，所以他还有一篇著名的作品，就是朱彝尊的一首长诗，这个诗的题目叫作《风怀诗》。《风怀诗》是一首非常长的诗，它有多长？我只告诉大家这首《风怀诗》押了二百个韵。几句押一个韵？两句押一个韵。押了两百个韵，是一首四百句的长诗，都是写他跟这个女孩子的故事。

当他晚年编定全集的时候，他的朋友就劝告他，以你的学问成就，以你研究经史学者的地位，如果你把这首浪漫的《风怀诗》从你的全集里删去，说不定将来你在孔庙里会有一个牌位荣享春秋祭祀。朱彝尊却说："宁拼两庑冷猪肉，不删《风怀二百韵》。"

他跟他的小姨有这么一段真情的故事。他写的这一卷小词都写得很好，我们刚才念了一些，还没有看完，我们先看他妙处何在。但是他真正最好的词，就是我给你们选的这首《桂殿秋》。《桂殿秋》这首词之所以好，前人也曾经有过赞美。在况周颐的《蕙风词话》中曾记载说："或问国朝词人，当以谁氏为冠？再三审度，举金风亭长（即朱氏别号）对。问佳构奚若？举《捣练子》（即《桂殿秋》）云云。"况周颐是晚清有名的词人，也是著名的词学家。有人曾问他，我们清朝这么多的词人，谁是最好的呢？况周颐考虑了很久，以金风亭长朱彝尊为答对。人家再问他，那朱彝尊写得最好的词是怎样的呢？况周颐就举出了《捣练子》（《捣练子》就是《桂殿秋》），说这首词最好，我们现在就把这首词抄下来看一看。

　　思往事，渡江干，青蛾低映越山看。共眠一舸听秋雨，小簟轻衾各自寒。

同样是写爱情的词，这么短的一首白描的词，为什么好呢？中国古代的词学评论家，只言其好，而不言其所以好。他们的评说大都笼统不清，不是说这个人气势博大，就是说那个人风格高古，这不都很好吗？但这都是非常抽象的话。那况周颐说朱彝尊的这首《桂殿秋》最好，为什么好？他并没有加以说明。他的爱情词里边是以这一首词为最好，其他的爱情词也很好，是陈廷焯赞美过的。所以在讲这一首《桂殿秋》以前，我们先看一看他其他的爱情词，这些词有一个层次的好处，然后再看《桂殿秋》，就可以比较出《桂殿秋》有更高一层的好处。

我们现在先看《静志居琴趣》里的第一首词，我们来看它的妙处。

## 清平乐

齐心耦意，下九同嬉戏，两翅蝉云梳未起，一十二三年纪。

春愁不上眉山，日长慵倚雕栏，走近蔷薇架底，生擒蝴蝶花间。

这首词写的是什么？是朱彝尊招赘到冯家。他们冯家有四个姐妹，一大堆女孩子，这些少女常常同在一起游玩。"下九"是女孩子的一个节日。这典故是出于《孔雀东南飞》这一首乐府诗："初七及下九，嬉戏莫相忘。"这首《孔雀东南飞》是一首爱情悲剧诗，写焦仲卿与刘兰芝的故事。焦仲卿的母亲不喜欢刘兰芝，因此拆散他们，后来两人都死了，一个跳水，一个上吊。这刘兰芝被婆婆赶出去的时候，对她的小姑说，我初嫁到你家时，你扶床才能站起来，"小姑始扶床"。今天我被赶走了，"今日被驱遣，小姑如我长"，你的身高跟我一样高了。兰芝又对她的小姑说："初七及下九，嬉戏莫相忘。"我现在就要离开你家了，你们这些女孩子在初七及下九游戏的节日，希望你还记得我这个嫂子。

"齐心耦意"，这是朱彝尊写得非常妙的地方。"齐心耦意"，表面上是说女孩子同心合意，大家投入地在玩这个游戏。而"齐心耦意"也可以给我们另外一个联想，就是说他们两个人之间的同心合意。他写的是小女孩子的游戏，可是他用的字眼却有一种爱情的暗示。所以不一定要写贤人君子才能有言外之意，他把爱情也放到言外之意去表现了。

"下九同嬉戏"，这是说，这些冯家的众女子，在属于女孩子的节日里一起快乐地共同嬉戏。

"两翅蝉云梳未起，一十二三年纪"，朱彝尊入赘的时候这个女孩子只有十岁，后来这个女孩子十二三岁开始留发梳头了，小女孩也开始成长了。古代有很多种发型，有一种叫蝉鬓，是曹魏的时候宫中的女子梳的，把两边的头发梳得很高，像蝉的两个翅膀。他说，这个女孩子要梳蝉鬓，但还梳不起来。也就是说这个女孩子还很小，让人有一种少女稚气憨美的想象，她还不懂得梳妆打扮，她才十二三岁呢！

"春愁不上眉山"，这小女孩无忧无虑，妙就妙在这里。"春愁不上眉山"，是说她没有愁，可是字面上有"愁"字也有"眉山"这两个字。杜甫作诗也有一处跟他有相同的妙，杜甫沦陷在冰天雪地的长安，没有火取暖，没有酒驱寒，他却说："瓢弃樽无绿，炉存火似红。"他说，我酒瓢丢了，酒杯里没有绿酒；一个空炉子在这里，我想象它好似有火的红焰。是既没有红的炉火也没有绿的酒，可是他的诗句里边却有瓢有酒，有炉有火。在朱彝尊这首词里她没有春愁也没有眉山，可是诗人的心目之中，把自己多情的想象加了进去，所以词句中是既有"春愁"也有"眉山"。

"日长慵倚雕栏"，日长的时候这个女孩子慵懒地靠在栏杆旁边，这是一个少女的情态。可是突然间他笔锋一转，却写了"走近蔷薇架底，生擒蝴蝶花间"，她还是个小孩子呢！对感情似懂非懂。看到蝴蝶在飞，一下子就兴奋地走近去捉，而且活活地就捉住一只蝴蝶在花丛里边。他这首词很妙，一句爱情都没有，而且写的完全是天真的、小儿女的、童真的嬉戏，他把爱情都寓在言外。大家说词有言外之意才是好的，老是在词里边找有什么贤人君子或忠君爱国的微言大义，说那才是好词。而朱彝尊的词之所以特别，所以被陈廷焯称赞，说从来写爱情的词没有像他这样好，为什么呢？

因为在《花间集》所描述的女子都是些歌伎酒女，词人们写这些女子的感情爱说什么就说什么，爱写什么就写什么，甚至常常描写到跟这个女子的肉欲关系，因为她们是歌伎酒女，她们不是良家女子。没有人敢在爱情词里写良家女子，妻子是良家女子，但是一般的男子写爱情词都不写妻子，顶多是妻子死了写一些悼亡的作品。既然爱情词不写妻子，那他敢写人家的妻子，人家的女儿吗？当然他不敢写，因此从来就没有人写过这一类的词。所以朱彝尊写的这卷爱情词，只能把爱情放在言外来写，这是他的爱情词之所以杰出和特殊的地方。我们各类的词都讲过了，就是还没讲这种爱情词。今天我们时间到了，下次再接着讲朱彝尊的爱情词。

\* \* \*

今天我要接着讲朱彝尊的词。今天我们要讲的就是这一首《桂殿秋》，在讲这一首词以前我要先说明，为什么况周颐会认为它是清朝的词里边最好的一首作品？

朱彝尊跟这个女孩子真是有过一段爱情故事，他们两个人真的是一起坐过船的。所以你们看，《桂殿秋》是怎么写的？

# 桂殿秋

思往事，渡江干，青蛾低映越山看。共眠一舸听秋雨，小簟轻衾各自寒。

"思往事，渡江干，青蛾低映越山看"，他说我记得当年，这已经是过了若干年之后了。朱彝尊是十七岁入赘到冯家的，他的妻子是十五岁，他的小姨子只有十岁。九年之后，他的小姨子十九岁就出嫁了，到了二十四岁她又回到娘家来住，在这个时候她才真的和朱彝尊有了爱情的事件，但是她在三十三岁就死去了。朱彝尊的很多作品，包括《风怀诗二百韵》都是在这个女孩子死去以后才写的。在朱彝尊所写的作品中，从他们小时候一同嬉戏写到一同坐船逃难，你们可以看到朱彝尊对她感情之深厚之难忘。所以他说："思往事，渡江干，青蛾低映越山看。""青蛾"，是形容这个女孩子的眉毛很美丽。青，就是古人所谓的灰蓝色或青蓝色，所以女子的眉叫黛眉，他说"青蛾"就是黛眉的意思。

"青蛾低映越山看"，青蛾，我们也可以说是远山眉，眉毛就像远山弯曲的形状。"越山"，朱彝尊是浙江秀水人，所以说越山。我曾经引丁绍仪《听秋声馆词话》，把朱彝尊的这首词跟南宋史达祖的《燕归梁》一词做了比较：

# 燕归梁

独卧秋窗桂未香，怕雨点飘凉。玉人只在楚云旁，也着泪，过昏黄。

西风夜梧桐冷，断无梦，到鸳鸯。秋钲二十五声长。请各自，耐思量。

丁绍仪说朱彝尊的这首词写得好，因为他写得很朦胧，许多情意都没有明说，而另外的那一首《燕归梁》则把所有的情事都讲得太明白了，所以不好。朱彝尊写得是很含蓄的，这话是不错。你们可参看我写的《朱彝尊爱情词的美学特质》，它对朱彝尊的爱情本事有比较详细的介绍。但朱彝尊的爱情词都没有明白地说出来，他只是写一些景色而把爱情寄寓在言外。就像我们前面讲的："齐心耦意，下九同嬉戏，两翅蝉云梳未起，一十二三年纪。"他都没有很露骨地说出爱情的字眼，写得很含蓄，这是他的爱情词的一个好处。可是如果朱彝尊的词只是写爱情写得很含蓄，他把爱情留在言外给读者一个想象，虽然没有言外的贤人君子的用心，而只想象他言外没有传达，没有说出来的那一份爱情，却也自有他的好处。但是除了这样的好处以外，我以为这一首词，使得那么多的读者都认为它好的缘故，实在应该是因为下面的两句，"共眠一舸听秋雨，小簟轻衾各自寒"写得好，蕴含了许多言外的潜能。

这两句表面的第一层意思，写的也是一段现实的情事，他们同在一条船上。"共眠一舸"，我曾经说过好的词里面会有一种潜在的能力，给读者丰富的感发和联想。我先说"共眠"这两个字，共眠这两个字给人一种暗示，使人想到同床共枕，真正爱情的事实。可是在"共眠一舸"四个字后面，他接下来的三个字说的是什么呢？是"听秋雨"。他们睡觉了没有？他们不能成眠。你如果睡着了哪里还听得到雨声？古人常常说到听雨，就是代表不能成眠的意思。它这中间有一个非常微妙的相反的转折，也是作者很幽微的隐意。共眠，是表示他对爱情的希望是能同衾共枕而眠，这是他隐藏的愿望，这是他内心所真正希望的。可是他又没有能够成眠，"共眠一舸听秋雨"，他听到外面船篷上的雨声，江南夜雨淅淅沥沥的声音是很诗意的。而且前人的诗也有一句说："枕前泪共窗前雨，隔个窗儿滴到明。"借着雨声，这些失去爱情的人，这些悲哀的人，可以随着雨声一起在流泪，朱彝尊并没有写流泪，朱彝尊写得更含蓄，朱彝尊写得更珍贵、更庄严。同样是写爱情，爱情也有爱情的品质，是鄙俗的爱情，自私的爱情，还是一种高尚的爱情？朱彝尊的词写得不但是含蓄，而且有它一种尊严和高贵的情操在里面。"共眠一舸听秋雨"，"共眠"，应该是同衾共枕，可是他下面一句却又说，"小簟轻衾各自寒"，"小簟"，是竹席，是身子底下铺的竹席。"轻衾"，是轻薄的衾被，是身上盖的薄薄的被子。"小簟轻衾"，你睡在你的席子上，我睡在我的席子上。你的身子底下是这么短小的一片竹席，我的身下也是这么短小的一片竹席；你的身上盖的是一床这么轻薄的薄被，我的身上盖的也是这么轻薄的一床薄被，我们都不能成眠，都在听那渐渐沥沥的雨声，我们都在寒冷之中。我能对你诉说我的孤独和对你的怀念吗？我不能！你能对我诉说你的孤独和对我的怀念吗？你也不能！你要单独忍受你的寒冷，我也要单独忍受我的寒冷。"共眠一舸听秋雨，小簟轻衾各自寒"，这是写他们曾经共在一条船上，两个人都在相思怀念不能成眠，而连诉说爱情相思的机会都没有。这个事情本身并不是什么了不起，而是在这一首词中有我曾经讲过的一种潜能，它有很多潜在的能力给读者去联想。

王国维的《人间词话》曾经说过古今成大事业大学问要经过三种的境界。他说"昨夜西风凋碧树，独上高楼，望尽天涯路"，这是第一种境界，他还说"衣带渐宽终不悔，为伊消得人憔悴"，这是第二种境界。表面上是说一个女孩子因相思怀念而憔悴而消瘦，所以她衣服的带子就愈来愈宽松了。可是他的本意却是在说，一个人对于他所追求所热爱的东西，他愿意付上任何代价，就是他的身体因为这样而憔悴而消瘦也是在所不惜的。"独上高楼，望尽天涯路"，他所望的是他所怀念的人，他望不见。可是我们如果有一份理想、有一份执着，如果是一个追求大学问大事业的人，你有一份高瞻远瞩别于凡人的心思，意境也是相似的。但为什么又要说"昨夜西风凋碧树"你才"独上高楼，望尽天涯路"呢？你的门窗前面如果是一棵大树，枝叶茂密，你就看不到远方，因为你的视线都被那树枝、树叶给遮住了。直到有一天当那树枝上的树叶完全凋落了，"昨夜西风凋碧树"，寒冷的西风把树叶都吹落了，那个时候你再独上高楼，没有树叶的遮蔽你才能看到了那天尽头的远方。这表面上写的是女子对男子爱情相思的怀念，可是它表现的却是一种境界。就是说词里边所写的感情，有的只是一个感情的事件，就只是一件事情，而有的好词，它是能够超越了外表这个现实的事件，而表现了一种感情的境界。

我们人生在世，我们眼前受到了多少的蒙蔽？目迷于五光十色，耳乱乎五音六律，名利禄位，多少事情都迷惑了我们？人要能够真正有高远的愿望，看到人生最美好而且最高远的自己的境界，你们一定要把眼前最短浅的功利撇开，"昨夜西风凋碧树"，你"独上高楼"就"望尽天涯路"。晏殊的词表面上是写相思怀念的登楼倚望，而却表现出了一种人生的境界。所以王国维论词就说，好的词一定要写出一种境界来。

而朱彝尊的这首词又表现出什么来呢？在一首词中并非每一句都有那么多丰富的潜能，像晏殊的整首词王国维所截取的也只是开头这几句。一篇作品中间只要有一两句，真的写出了感情或哲理的境界就可以把这一首词整个地提升了，就可以给我们很丰富的感觉。而在文本中有什么作用可以给你这种感觉呢？这种感觉的由来有一个符号学中的特别名词叫"显微结构"（microstructure），就是说每一个字、每一个语汇，它给你的感觉是什么？

在每一篇作品的文本里边都包含了很多的语汇，而每一个语汇都可以给你很丰富的联想。这个在西方也有一个名称叫"互为文本"（intertextuality），这是茱莉亚·克里斯特娃（Julia Kristeva）所提出的一个名词，中文翻译成"互为文本"。她说这像是一种欧洲艺术品马赛克（mosaic），是一种用小块碎石拼凑的艺术，是一小块一小块拼凑起来的艺术品。她说每一篇文本都是很多个语汇的拼凑，而这些语汇都有来源都有出处，有很丰富的联想给我们，也就是从这个文本可以想到那个文本，这就叫互为文本。很多小词可以给我们这么丰富的联想，就是它里边有这种作用。

好，现在我们就要再接着说"共眠一舸听秋雨，小簟轻衾各自寒"给了我们什么样的联想呢？他们显然是曾在一条船上生活过的，"共眠一舸"这个舸，也就是小船。而船的形象一般的习惯给我们的联想就是一段生命的历程，一片生活的天地。所以我们俗语形容生活的苦难，就说"逆水行舟"，或是形容同心合力就说"同舟共济"。苏东坡要表示他开阔的胸怀，就说："小舟从此逝，江海寄余生。"辛弃疾要表现他在南方受到的排挤和迫害，他就说："秋江上，看惊弦雁避、骇浪船回。"他说，我就像在秋江上行走的一条小船，也像在秋空中飞过的一只鸿雁。我在南方的南宋有这么多人排挤我、迫害我，在这可怕的弓弦之下这雁怎么躲避呢？在惊涛骇浪之中船走不过去，你要怎么样地回过头来呢？所以船是一个很奇妙的形象，它可以给我们这么多丰富的联想。不但俗语有"逆水行舟""同舟共济"，连台湾拍的一部电影都曾经叫《汪洋中的一条船》。诗人、词人也说"小舟从此逝，江海寄余生","秋江上，看惊弦雁避、骇浪船回"。那么这首词的"共眠一舸"使人联想到什么呢？是"听秋雨"三个字。秋雨之中你又是什么样的感觉？给你什么样的联想呢？我上次讲过阳羡派陈维崧的同乡，南宋的蒋捷写过一首很有名的《虞美人》词："少年听雨歌楼上，红烛昏罗帐。壮年听雨客舟中，江阔云低，断雁叫西风。而今听雨僧庐下，鬓已星星也，悲欢离合总无情，一任阶前点滴到天明。"

我现在就把这首词解释一下。蒋竹山的词是说我少年的时候生活浪漫，在歌楼上我和一个美丽的女子共同睡在晕红灯影的罗帐之中。当我壮年时为了生活奔走四方，在这么空阔的江面上，没有依傍，天上的云那么低沉，这是不安定的，危险的。我孤独地一个人为了生活四处奔走，就像那失群的孤雁在秋空中无助地唳叫。现在我老了，一切都过去了，少年浪漫的生活过去了，壮年为了谋生江海飘零的日子也过去了。现在我听雨在这老僧的茅庐之下，我的两鬓也斑白了，我这一生悲欢离合就这么消逝了，就任凭这阶前淅沥的雨声直滴到天亮吧！听雨给我们多少的感受和联想？不但蒋捷的词里边写了听雨，苏东坡的词里边也说："莫听穿林打叶声。"这表示苏东坡的潇洒，我不怕这些雨声，雨声它不能惊倒我。辛弃疾的词说："吾庐小，在龙蛇影外，风雨声中。"我这个小小的草庐，在松枝蟠蜒的枝叶中，松树枝干像腾起的龙蛇，这是辛弃疾隐喻他外在环境的恶劣。"风雨声中"，风雨，也是喻指外面环境的险恶和迫害。辛弃疾还有一首词："可惜流年，忧愁风雨，树犹如此。"我所经过的一生有多少不幸，有多少苦难，都像是风吹雨打在我的身上。所以听雨的声音代表了人生很多不同的境界。

"共眠一舸听秋雨"，如果我们把朱彝尊的这一首词范围扩大，就是说把这一首《桂殿秋》的形象扩展为更大的联想。那就是我们在我们的国家，或是我们的世界，我们每个人有每个人所经历的风雨，我能够为你做些什么吗？你能够为我做些什么吗？古人说得好："善恶生死，父子不能有所勖助。"人又能替另外一个人分担什么呢？

"小簟轻衾各自寒"，你们有你们的窄小的竹席，有你们轻薄的盖被；我有我的短小的竹席，有我轻薄的盖被。你们要忍受自己的苦难和寒冷，我也要忍受我自己的苦难和寒冷。"共眠一舸听秋雨，小簟轻衾各自寒"，我们都是共眠一舸，但是又各听各的雨，是小簟轻衾，各自要忍受各自的寒冷。所以朱彝尊这两句词写得很妙，他是写一个爱情的事件，可是他这两句词给我们这么多丰富的人生体验和联想。我们也可以把这两句词延伸到我们每一个人，我们在一起的，在一个屋顶下的，在一个天空下的，可以说都是"共眠一舸"，但各有各的"小簟轻衾"，各自忍受承担自己的苦难和寒冷。很多好词的好处大家都说不清，它不像诗可以那么清楚地表明，但是它可以给我们很微妙的感受。而各自忍耐各自的寒冷。李商隐的诗说："只有空床敌素秋。"外面是肃杀的秋天，我怎么面对外面这冷冽的秋天，我有什么呢？我只有我所睡的这一席之地，而这一席之地是一无所有，一无遮蔽，我只有一张空床面对外边这寒冷肃杀的秋天。还有李商隐所赞美的诗人韩偓，他说："梨霜透锦衾。"他说像梨花那么白的严霜，让我感到那么悲哀，浸透了我的锦衾。"小簟轻衾各自寒"，这两句词之所以好，就因其可以给人这么多丰富的联想，这就是它的好处。

好，现在我们真的是没有时间了，只好把朱彝尊结束在这里。我们讲清词尽是讲悲哀，尽讲痛苦，也讲了朱彝尊这一段悲剧的爱情。所以我今天给大家增加了一个风格不同的作者，他就是张惠言。我为什么要讲这个作者呢？我开始讲清词的时候说过，清代的词有阳羡派以陈维崧为代表，浙西一派以朱彝尊为代表，而常州一派呢？我现在就是要讲常州词派的代表张惠言。

# 张惠言

东风无一事，妆出万重花。

闲来阅遍花影，惟有月钩斜。

我有江南铁笛，要倚一枝香雪，吹彻玉城霞。

清影渺难即，飞絮满天涯。

　　张惠言是生在乾隆二十六年，死在嘉庆七年。我曾说过清词之所以兴盛的原因，其中之一就是有很多学养深厚的学者参与了词的创作。我曾在课堂上问过同学你们最喜欢哪一首词，有好几个同学异口同声地说他们喜欢李雯的《风流子》。我也曾说过在文学的创作上，有美，有善，有真，哪个最重要？"真"最重要。真才可以有善，如果不真的话，美是虚假的美，善也是虚伪的善。李雯的词之所以能打动人，是因为他那种羞耻，他那种惭愧，他那种悔恨是发自内心的，不能掩饰的，冲口就说出来了。吴伟业也有他的羞愧，也有他的悔恨，我们都看到了，吴伟业的《贺新郎》"万事催华发"，但他跟李雯有一点点不同。哪一点不同呢？李雯的悔恨、羞愧是自然的流露。吴伟业的词你们读后不晓得有没有注意到，他有一种说明和表白的意味。他要表白自己，我是不甘心的，我是不愿意的，我不是希望如此的，我本来是很好的。我原有"耿耿胸中热血"，我们也相信吴伟业的确有不得已之情，可是吴伟业这个人到临死都放不下，放不下他死后人家怎么论定他。他到临死前都还要表白，还要说明自己的不甘心，他的词当然写得很好，但是有人就说这不是自然真情的流露。

陈维崧的词当然写得也很不错，陈维崧的词写得很豪放，是豪士之词。他有一股气势透出来，他没有很深厚的意蕴在里面，他的词写得很直接，比较没有词的美学特质。朱彝尊这浙西一派是比较注意词的形式上的美，只不过因为时间的限制，我们只讲了他的一首爱情词，没能对朱氏偏重形式美的长调慢词加以介绍。那么张惠言的常州词派呢？张惠言是注重词的内涵，他认为词是要有贤人君子幽约怨悱不能自言之情。张惠言不但对词的幽约怨悱之本质的美有一种体认，而且他的词真正地是一种学人之词，他也是一位有名的经学家。

关于清代的词我们看过读过的有：豪士之词、才人之词，现在我要请大家看看学人之词。我们看了李雯、吴伟业诸人的词，他们写的是悲哀和悔恨。而现在我们要看的张惠言和他们却大不相同，他真正是得到儒家之修养的人。修养并不是说一些好听的话来骗人，也不是像参加孔子学会的论文尽是说一些知识和理论等口头上的话，或者是把它们变成教材形式化了，张惠言所表现出来的真正是他自己内心的一份修养所得。而且我绝不是欺骗大家，如果真的能够有这一份修养，你就是在流离患难之中，你也不会被击倒，你也仍然有你超乎世俗得失祸福一切利害计较的一种自我的安身立命之所，所以我给大家介绍这么一个与众不同的作者。而且他这五首《水调歌头》是写给他的学生的。

## 水调歌头　春日赋示杨生子掞

东风无一事，妆出万重花。闲来阅遍花影，惟
有月钩斜。我有江南铁笛，要倚一枝香雪，吹彻玉城
霞。清影渺难即，飞絮满天涯。

飘然去，吾与汝，泛云槎。东皇一笑相语：芳
意在谁家？难道春花开落，更是春风来去，便了却韶
华。花外春来路，芳草不曾遮。

"东风无一事，妆出万重花"，这开头就是起得非常好的两句
词。苏东坡的《前赤壁赋》曾说："盖将自其变者而观之，则天地
曾不能以一瞬；自其不变者而观之，则物与我皆无尽也。"人生
之中有很多悲哀有很多苦难，但是也有很多美好的事情。春天的
风，也就是东风。东风为什么给我们的世界妆点出这么多美丽的
花朵？你们这新加坡地处热带，有四季不凋谢的花，而我住的温
哥华是温带气候，四季分明。每到了春天那真是春城无处不飞花，
经过了冬天的凋零，然后看到草木的发芽长叶，那真是欣欣向荣
繁花似锦，和冬天成了一个非常明显的对比。

"东风无一事，妆出万重花"，这写得非常好，这写的不只是
一种景色，而是一种境界。有人以为这两句是张惠言写清朝的繁
华都是假装出来的，这种解说不正确。一个作者他反映了什么？
与他所处的时代很有关系。开始我们讲的那几个作者都是明清易
代之际的人物，马上我们要讲的晚清几个作者是清朝已经走向衰

败的时代。而张惠言这个作者他是生在乾隆年间，在中国历史上号称乾嘉盛世，是经过了康熙六十一年的太平盛世，而乾隆也有六十年的太平盛世，这一段日子的确是清朝的盛世。还有说到汉族反抗满族在清朝开始的时候是如此的，可是我们下面接着要讲到的郑文焯，他对清朝却是满腔忠爱，对清朝的朝廷、对清朝的君主光绪皇帝有很深的感情。经历了三百年左右一段这么长久的时间，满汉之仇恨已逐渐泯灭，汉人已对这个朝代认同了。而清朝从入关开始就对汉族文化也认同了，后来清朝之所以走向堕落败亡，那是它自己的政治腐败，我们说"物必先腐也，而后虫生之"，每一个朝代的败亡都是由于它自己的一切积弊出现而后灭亡的。

所以现在张惠言说的繁华不是说清朝装出来的繁华，而是清朝果然有这么一段繁华盛世。但是张惠言说的"繁华"根本不是朝代，根本不是政治。你要知道中国的儒家跟道家都有一种见道的境界，如果你们要是真的懂得天地宇宙根本生生不已的原则，就如同苏东坡所说的："盖将自其变者而观之，则天地曾不能以一瞬；自其不变者而观之，则物与我皆无尽也。"世界万象不只是变与不变有不同的看法，就是快乐或悲哀也是横看成岭侧成峰。就其可悲哀者而观之，天下可悲哀的事情太多了，就其可快乐者而观之，则天下也有不少可喜悦之事。而天地宇宙如果有所谓天心的话，中国的儒家说："为天地立心、为生民立命。"如果你真要找一个天地之心，那天地之心就是好生之德，是万物的大德，宇宙长养万物，万物的萌生，这天覆地载皆是天地之大德。

所以张惠言这样说："东风无一事，妆出万重花。"东风为了什么缘故？它为了什么名利的目的吗？没有，因为天地是好生的，所以它自然生长了这样美好的万物。所以说东风无一事，就妆出了万重花。这个"妆"是妆点，看看这宇宙大自然的青山、碧水、草木、虫鱼，有多少美丽的生命欣欣向荣、生生不已，真是"东风无一事，妆出万重花"。只是我们人类目光短浅，是我们人类愚昧、自私，我们人类残忍，所以我们忘记了，没有注意到宇宙有这么多美好的事情，而且这些万物代表了一种欣欣向荣、生生不已的生命。所以他说东风无一事，就为我们宇宙妆点了这么一个美好的大地，是谁会欣赏宇宙这么美好的生命？所以他又说，"闲来阅遍花影，惟有月钩斜"，人类不懂得，人类不尊重，人类不爱惜，人类把这宇宙弄得这么污浊，人类真是短浅、愚昧、自私、残忍，对于天地真正的美好并不认识。人类为了很多无谓的事情奔忙，你真的能够空下心来接受宇宙美好的东西吗？真懂得空下心来而欣赏吗？看遍这些美丽的花及美丽花影的是谁呢？不是我们人类，而是天上的一弯斜月。这就是"闲来阅遍花影，惟有月钩斜"。我曾说词是很难明白解说的，它是一种体会及感觉，你一定要认为它在说什么，这实在是很难说。我们上一课讲朱彝尊时也曾说他所表现的是一种感情，一种境界，一种人生的体悟，而张惠言前几句说的是大自然："东风无一事，妆出万重花。闲来阅遍花影，惟有月钩斜。"那么，我张惠言生在这个世界也和别人一样的忙忙碌碌吗？我又是怎么样呢？他说："我有江南铁笛，要倚一枝香雪，吹彻玉城霞"。我现在要告诉大家，你们要欣赏词，不要只是从字面上认识它的意义，更要注意的是它给你的感受是什么？"江南铁笛"这四个字非常地妙，"铁"是金属的，是多么的刚强；而"江南"是水乡，"江南好，风景旧曾谙，日出江花红胜火，春来江水碧于蓝"。江南是那么地温柔、那么地美好、那么地多情，而我张惠言有的是江南铁笛。当然你们不能只从字面上来看，问张惠言会吹笛子吗？不能这样问，这只是表现他的一种品格的境界，既有江南似水的柔情，而又有铁笛的坚强。有的时候一个人的性格，他的刚强跟他的温柔多情不会相冲突不会相矛盾。有的时候只有最多情的人才能最坚强，因为他多情，他有所爱，所以他才最坚强。所以刚强与多情并不是冲突的事情。这一句他写得非常好，"我有江南铁笛"这一句把一个人的性格表现得非常好，我有江南似水的柔情，也有铁笛的坚忍，我要用这支铁笛吹出美丽悦耳的声音。你的平生，你的一生一世谱奏出来的是什么样的声音？他说"我有江南铁笛"，我要吹出来美丽的声音。在哪里吹呢？在什么地方吹出这美丽悦耳的声音？他下面就接着说了"要倚一枝香雪，吹彻玉城霞"，我要靠在那一枝美丽的花的旁边。"香"，芬芳、"雪"，洁白，这都是花的美好的质量。我有的是江南的铁笛，我要倚在那样美丽、那样洁白的一枝花的旁边来吹我的笛子，而且我吹出来的曲子，是要吹彻玉城霞。什么是玉城？玉城是天上神仙所住的地方，也叫作玉京。李太白有一首诗说："遥见仙人彩云里，手把芙蓉朝玉京。"玉京就是玉城，是仙人所住的地方。他说我要用我的江南铁笛，靠在一枝芬芳美丽的花树旁边，我要吹我的铁笛，一直吹到什么地方去？是吹彻玉城

霞。我要使我的曲子一直吹得直通，"彻"，是贯通的意思。我要
使我的笛曲能够吹彻，能够直通到天上神仙住的玉京仙府的彩霞
之上。这写得真是好！你一辈子要谱出什么样的曲子？他说："我
有江南铁笛，要倚一枝香雪，吹彻玉城霞。"只不过人生立志是
由得我，但是要做出来却由不得我。立志是由得我，我说我要做
这样，我要做那样。但是成功由得我吗？不一定。那你又怎么样
呢？所以他又说"清影渺难即，飞絮满天涯"，我是要吹奏江南铁
笛，我是要直吹到九霄仙人住的玉京云霞之上，可是我没有达到
那个地方。"清影渺难即"，那个美丽云霞的影子那么遥远。"难"，
不容易。"即"，靠近。我是有理想，我是有追求，我是有向往，
但是它距离我那么遥远，它不容易靠近，不容易真的达到，这是
"清影渺难即"。你是有立志，你是有抱负，只是人生立志虽由得
你，但做出来却不由得你，而当由不得你的时候你又怎么样？你
的年华逝去了。这"飞絮满天涯"，已经是春天迟暮时节，那柳
树的花已经变成了柳絮，就飘满了天空。"清影渺难即，飞絮满
天涯"，这真是人生的一种体验与无奈。他接着又说"飘然去，吾
与汝，泛云槎"，在人世之间我们的追求不一定能够真的达到，我
们达不到我们的理想。这是他给他的学生写的，他说，既然我们
达不到理想，那我就跟你坐一个可以飘在白云之上的浮槎。"槎"，
本来是可以浮在水面上的木排浮槎。"浮槎"有一个典故，中国有
几千年的历史文化，有很多很多的联想。孔子曾说过一句话："道
不行，乘桴浮于海。"孔子说，我的理想如果不能够实行，那我就
乘一个木排漂浮到海上去。张惠言对他的学生说："飘然去，吾与

汝，泛云槎。"我们对于这个世界失望，我们就飘然远引，浮槎而去。可是中国所谓的道，不是绝情，不是冷漠，不是说只要我一个人得道成仙，而你们都在那里受苦，这不是真正得道人的愿望，他们不是只求自了。很多伟大的宗教家都是这样的，所以佛教说："地狱不空，誓不成佛。""众生界尽，方证佛果。"基督教说："耶稣是为人类的罪恶死在十字架的。"孔子为什么周游列国？他是希望列国可以从纷乱苦难之中建立一个理想的社会。孔子还说过一段这样的话："鸟兽不可与同群，吾非斯人之徒与，而谁与？"鸟兽虽然是生物有情，但它们不是我们人类的同类，我如果不跟人类在一起，那我要和谁在一起呢？所以不管是中国的儒家、印度的释迦、西方的基督所讲的，得道的人都不是冷漠的，不是绝情的，不是只求自了的，他们都有关怀人世的一片情意。所以他虽然说"飘然去，吾与汝，泛云槎"，可是他马上就有了一个转折，他说："东皇一笑相语：芳意在谁家？"东皇就是春天的神。本来是说这个世界不好，春天都过去了，我们要走了，已经是飞絮满天涯了，可是这春神对我们一笑，就告诉我们说："芳意在谁家？"其实春天是不会走的，要看春天是留在什么人的家里！后面他又说："难道春花开落，更是春风来去，便了却韶华。"难道春天是这么无情的吗？春花从开到落，春风从来到去，就断送了、就了却了整个美好韶华的生命吗？后面两句说得更好，"花外春来路，芳草不曾遮"，"花外"，就是春天来的道路，芳草并没有把春天的来路遮断。"芳意在谁家？"你如果愿意把芳意留在你的家，留在你的心中，你就可以把芳意留在你的身边。没有一个东西能把它遮断，就看你要不要，就看你得不得道。这"花外"就是"春来路"，芳草是不会把它遮断的。而真正读书有得的人，就是要有这样的境界。常常有同学问我说，读诗要读谁的作品？我总是劝同学读诗要读陶渊明或者是苏东坡的作品。因为这两位诗人是真的能够自我完成的人，而其他很多人有的是尚未达到这个境界的。

苏东坡曾写过这样的两句诗："浮空眼缬散云霞，无数心花发桃李。"这说得真是好。苏东坡老去了，眼睛已经昏花了，他不像我们生活在现代可以去配老花眼镜，他老眼昏花以后实在没有办法，他说，我的眼睛昏花了，我看到飘浮在空中的都是云霞，我外边的世界是看不清楚了，是模糊了，可是我内心的花开了，我内心有难以数尽的花朵，开得比真实世界的桃李还美丽呢！所以中国儒家或道家的思想极致，是可以达到这样的境界。而张惠言是一个经学家，他是有相当的一种修养境界的。我觉得我们讲清代的词有这样的一个作者，有这样的成就，而且这五首词也是很被人赞美的，这是相当有意义的。谭献就曾赞美他说："胸襟学问，酝酿喷薄而出，赋手文心，开倚声家未有之境。"倚声就是填词，填词的人总是写一些伤春怨别，从来没有人写出这样的人生境界。

陈廷焯也曾赞美他说："皋文《水调歌头》五章，既沉郁，又疏快，最是高境。陈、朱虽工词，究曾到此地步否？不得以其非专门名家少之。热肠郁思，若断仍连，全自风骚变出。"皋文就是张惠言的号。"《水调歌头》五章，既沉郁，又疏快"，它写的内容这么深厚，而音节又这么疏朗，这么活泼。"最是高境"，最是词里边最高的意境。"陈、朱虽工词",陈就是陈维崧,朱就是朱彝尊,因为一般人讲到清朝的词都认为陈维崧跟朱彝尊是大家,陈维崧是因为他的作品很多,开拓出来的境界大;朱彝尊也因为著作很多,而且他对于词的美感也有相当的认识。可是真的以词的内容境界来讲,陈廷焯说:"陈、朱虽工词,究曾到此地步否?"说他们没有达到张惠言的境界。"不得以其非专门名家少之",为什么大家常常不选张惠言,而选朱彝尊跟陈维崧呢?就因为张惠言是个经学家,他不是以填词出名的。他是研究词学的理论,他不是以填词的数量多,或是写伤春怨别的词出名,所以我们不能够因为他不是以填词为本行而小看他。"热肠郁思",有这么热烈的感情,有这么深沉的思想,"若断仍连,全自风骚变出"。

他的词论重点见于《词选》的序。我现在只给你们讲一些他论词的重点,他说:"极命风谣里巷男女哀乐,以道贤人君子幽约怨悱不能自言之情。"我也曾说过词之所以能在清朝复兴,因为他们对于词的美感特别有一种感悟,特别有一种体会,这也是张惠言所认同所体会的。"风谣里巷男女哀乐"是说词的开始,词的开始就是大街小巷之间所唱的歌谣,写的是什么呢?是男子与女子的爱情。爱情美满就快乐,离别就悲哀。"风谣里巷男女哀乐",上面还有"极命"两字,什么是"极命"?就是当它写男女的悲欢哀乐之情发挥到极点的时候,你把词的美感就真的发挥出来了,它本来的特质可能是由于写男女相思怨别所形成的一种美感,你如果真的把这种美感发挥到极致,就可以用它来表现出这些有感情、有思想、有品德的贤人君子的一种情意。那么他这一句写成

"以道贤人君子之情"不就好了吗？可是他却又用了一大段的形容就说是"以道贤人君子幽约怨悱不能自言之情"，还要"低徊要眇以喻其致"，说词所传达的是一种幽深的、隐约的、哀怨的、内心有所不满足的，而且是自己都说不明白说不清楚的情思，就只能透过词表现出来，而且写得这样地婉转低回，这样的深微要眇。他不说以言其意，或以达其意，而是说"以喻其致"，是表现喻说了一种情致。

词，真的是一种极为微妙的文学体式，不是像诗可以很具体很明白地说明的，而是要你仔细地去体会才可以领略玩味的。好，现在我们就把张惠言结束了。这是我增加的一个作者，以时代来说张惠言是接着康熙雍正以后，是乾嘉之间的人物。

# 蒋春霖

婵娟，不语对愁眠，往事恨难捐。

看莽莽南徐，苍苍北固，如此山川！

钩连，更无铁锁，任排空、樯橹自回旋。

寂寞鱼龙睡稳，伤心付与秋烟。

　　我接下来要讲的一个作者就是蒋春霖。现在我们先简单地介绍作者，然后再看他的《木兰花慢》。

　　蒋春霖，号鹿潭，是江苏江阴人。他父亲的名字叫作蒋尊典，曾在荆门州做过官。春霖是嘉庆二十三年生的，随着他父亲住在荆门的任所。曾经登黄鹤楼赋诗，老宿敛手，一时有"乳虎"之目，我们看过了很多作者都是在少年时代就表现了他们的才华。蒋春霖当他父亲死去以后他家就中落了，他侍奉他的母亲来到天子脚下的京城。"既不得志于有司，乃弃举业，就两淮盐官"，所以蒋春霖也是一个仕宦不得志的人，他不但是做官不得志，科考也不得志，所以他就放弃了举业，不再参加科考，也不再谋求官职。他没有一个出身，没有一个资历，因此就做了一个最卑微的小官，在两淮盐场做盐官。盐官就是在盐场里边管收盐税的官吏，他是才高而位卑，所以他平生郁郁不得志。"咸丰壬子（公元一八五二年）权富安场大使"，这个"场"是晒盐的盐场，他管理这个富安盐场。你们要注意到这上面还有一个字，权，权只是暂时代理，连这样的小官他还不是正式的，只是暂时代理。丁巳

（公元一八五七年）遭母忧，始去官。他母亲去世了，古时父母之丧是要守丧的，他就离开了他的职位。"挈家至扬州之东台"，住在那里。"庚辛之际，兵事方急，徐沟乔松年、嘉善金安清，先后争相邀请"。

现在我们就要看他的时代背景，当时中国真是内忧外患。咸同之际太平天国已占据大半江山，而公元一八五七年是第二次的鸦片战争，公元一八五八年英法联军攻陷了大沽口，订立了《天津条约》，公元一八六〇年英法联军攻北京火烧圆明园。这是一段危乱之秋，兵事方急。为什么徐沟的乔松年、嘉善的金安清都要罗致他呢？因为当兵荒马乱之际成立了一个筹饷局，而他们认为蒋春霖是个人才，所以就邀蒋春霖参加。"春霖抵掌陈当世利弊甚辩"，蒋春霖没有科第，没有功名，是个地位很卑贱的人，而邀他的人都是些大臣，这些人请他来了，而蒋春霖毫不畏缩，"抵掌陈当世利弊甚辩"。抵掌，就是用手势跟人正面谈话，这是出于《史记·滑稽列传》。陈，是陈述。他就跟人当面陈述当时国家的缺点疏失，该如何谋求改革，侃侃而谈，意气风发。"不以属吏自桡"，不以为自己是个卑微的小官而畏缩不敢施展。"上官亦礼遇之，不为牾也"，而他的上司虽然地位比他高很多，却都很欣赏他的才华和他的见解，都很礼遇他，不以为他这样是不礼貌。

"同治戊辰（公元一八六八年）冬，将访上元宗源瀚于衢州；道吴江，舣舟垂虹桥，一夕而卒，年五十一。姬人黄婉君殉焉"。舣舟，就是停船、泊船。这一段话说得很简单，事实上蒋春霖性

格很孤傲不群，不肯屈服于人，也因为这样的缘故他科举仕宦都
不得志。但是当时有一个观察使叫作杜文澜，很赏爱他的才华，
蒋春霖落魄潦倒，幸得这些人的周济。蒋春霖因为郁郁不得志，
一度也沉湎在醇酒妇人之中，因为他对自己的失意不能面对，因
此就用醇酒妇人来麻醉自己。他在声色场所中认识了他后来的姜
黄婉君，黄婉君是个相当虚荣的妇人，又嗜食鸦片，所费不赀。
而蒋春霖为了满足黄婉君的需要，不得不求人周济。而他的个性
又很好强，有一次去求见杜文澜，杜文澜因为公事很忙没有马上
接见他，蒋春霖认为这是很大的挫折打击及耻辱，他想再去找宗
源瀚，但是回头一想万一宗源瀚也不见他，他又怎生自处呢？因
此在羞愧、彷徨、沮丧之下他服毒自杀了。蒋春霖死后，黄婉
君很不被人谅解，当然蒋春霖的死她也很难过，因此她也就自
杀了。

蒋春霖有这么一段故事，因此他所写的词，也表现了他的身
世、他的性格，是与其他词家不同的。像陈维崧也是仕宦不得志，
也是孤傲不群，可是他和蒋春霖不同。陈维崧是个开放的类型，
什么不得意都发泄出来，而蒋春霖是个沉郁的类型，他们相同的
都是落魄不得志，可是陈维崧在落魄之中有一份豪气，而蒋春霖
却没有这份豪气。蒋春霖的词写得很沉郁，他大半的词都写得很
幽怨。大家赞美蒋春霖的词，一个是因为他的感情跟感觉写得非
常深密细微，他的词好在感觉跟感情写得很绵密深幽，还有一个
好就是因为蒋春霖他辗转奔波于各地，而他所生的时代正是中国
内忧外患相逼而来的时代，内有太平天国的战事，外有英法联军，

就因为他亲自经历了这样不平常的乱世，因此他的词也反映了当时时世的衰微战乱。我们现在就讲他的《木兰花慢》，现在我还是先念一遍。

## 木兰花慢　江行晚过北固山

泊秦淮雨霁，又镫火，送归船。正树拥云昏，星垂野阔，暝色浮天。芦边，夜潮骤起，晕波心、月影荡江圆。梦醒谁歌楚些？泠泠霜激哀弦。

婵娟，不语对愁眠，往事恨难捐。看莽莽南徐，苍苍北固，如此山川！钩连，更无铁锁，任排空、樯橹自回旋。寂寞鱼龙睡稳，伤心付与秋烟。

这是一首感慨时事的作品，这在蒋春霖的词里面是写得比较有激越慷慨之音的作品。大家赞美蒋春霖说他的词反映了时代的战乱，所以可称他为"词史"。大家都知道杜甫被人称作"诗史"，说他反映了天宝之乱；而蒋春霖是清代的词人里边反映了时代变乱的，所以称他为"词史"。

关于词史之说是谭献提出来的。谭献是常州词派张惠言词学的重要传人之一，另一个时代较早的是周济。谭献说："诗有史，词亦有史。"而张惠言只是说词里边应该有寄托，什么样的涵义才叫寄托？周济说，如果只是写个人小我的悲哀忧愁那不叫寄托，要有更大的关怀反映了整个时代的那才能叫有寄托。所以谭献就提出来说："诗有史，词亦有史。"这也是因为从清朝早年的词就跟时代结合了非常密切的关系，这是清代的词学家从词的美感和特质，在词里边所反映的时代关怀的一种反省和体会。而在创作上实践出来的就是蒋春霖，现在我们简单扼要地介绍这一首词。

"江行晚过北固山"，这是词牌后的一行小标题。他说他自己的船在傍晚的时候经过北固山，北固山在扬州镇江附近。

"泊秦淮雨霁，又镫火，送归船"，我停泊这艘船在秦淮的岸边，刚刚雨过天晴，两岸的灯火和船上的灯火正送我这正要还乡的归人的船。我眼中看到的是什么呢？"正树拥云昏"，他这形容用字很具体，树的周围好像被云彩拥抱着，是那么昏暗的一片。"星垂野阔"，旷野很广阔，就感觉星星的位置更是低垂。这用的是杜甫的诗："星垂平野阔。""暝色浮天"，天慢慢地黑下来了，那昏暗的黄昏暝色从水面上直弥漫到天边。

"芦边，夜潮骤起，晕波心、月影荡江圆"，我的船停泊在长满芦苇的江边，夜晚潮水澎湃的声音突然一阵高起来了，在江上水波的中心有一圈一圈的光晕。"晕"，是月光旁边的影子，也叫月晕。这圆圆月亮的影子照在江心，而随波摇荡。

"梦醒谁歌楚些？"我在船上一梦醒来是谁在唱着哀伤的《楚辞》呢？"楚些"，"些"字在这里不念 xiē，念 suò，是《楚辞》里常用的一个语尾助词，所以"楚些"在这里就代表《楚辞》。《楚辞》表现的是屈原的政治理想不得实现的满腹伤痛，哀悼楚国走向败亡因悲慨而写的作品。

"泠泠霜激哀弦"，我好像听到江面上传来哀伤悲凉的琴声。古人说湘灵鼓瑟，在秋夜里听到这么凄凉，在寒冷的秋霜中的激越的琴声。

"婵娟，不语对愁眠"，"婵娟"，指的是月亮。月亮静静无言的照着我一个人，能和我相语的只有无边的孤寂忧愁和难以成眠的漫漫长夜。

"往事恨难捐"，"往事"是指的鸦片战争，道光二十二年（公元一八四二年）六月十四日英军攻陷镇江的事情。北固山就在镇江的旁边，所以他所指的往事，特别指的就是道光二十二年英军攻陷镇江的事情。英军攻陷镇江以后，英舰八十余艘长驱直入，在六月二十九日到达南京下关的江面，七月二十四日就订立了不平等的中英南京条约。我自己个人认为这个"往事"有多方面的涵义，有国家悲慨屈辱的往事，也有他自己平生不得志的往事。所以他说"婵娟，不语对愁眠"，面对着天上的一轮明月有多少往事难忘？有多少旧恨难除？"捐"，就是除、消的意思。有多少家国个人的往事都是忘不掉的。

"看莽莽南徐，苍苍北固，如此山川！""莽莽"指的就是南徐这一带的山势，"苍苍北固"指的就是北固山。南徐这一大片无边的草野他形容为莽莽南徐，他说你看这么广阔无尽的南徐平野，看这么苍茫的北固高山。"如此山川！"如此山川这里边有很多感慨。我们的国家有这么美好的山川，但为什么我们有这么多的战乱？为什么遭遇到这么多列强的侵略？"莽莽南徐，苍苍北固，如此山川！"而在现在的列强侵略之下："钩连，更无铁锁，任排空、樯橹自回旋"，古人曾说如果要攻打长江，只要在长江的江面上横锁住长铁链，江北的人就攻打不过来了。"钩连，更无铁锁"，语出唐刘禹锡的《西塞山怀古》："王浚楼船下益州，金陵王气黯然收。千寻铁锁沉江底，一片降幡出石头。"这首诗本来写的是西晋大将王浚攻打六朝东吴的往事。"千寻"，古代一寻为八尺，此言其长。东吴用了长链横住了江面，但是王浚用麻油做火炬熔断了铁锁，这千寻的铁锁全沉到江底，而东吴就投降败亡了。在这里蒋春霖的意思是说，本来我们以为在长江天堑上横上铁锁，敌人就攻打不过来了，但是现在我们有什么国防呢？他是用"铁锁钩连"这个典故代表我们的国防。我们本以为有铁锁的钩连敌人就打不过来了，不用说晋朝攻打东吴的时候铁锁尚且被烧断了；现在的清朝连不可恃的铁锁也没有，更不用谈还有什么国防设施了。所以他说："钩连，更无铁锁。"那只好让敌人"任排空、樯橹自回旋"，"樯"，是船帆。"橹"，是船桨。任凭敌人的军舰，而这敌人的军舰还不是我们古代的樯橹，人家是机器马力十足的坚船利炮。任凭敌人的军舰长驱直入在我们的长江上回旋驰骋，激浪排空。所以他说："钩连，更无铁锁，任排空、樯橹自回旋。"敌舰排空的声势，在我们的江面上回旋的奔走驰骋。而我们呢？只有"寂寞鱼龙睡稳，伤心付与秋烟"，"鱼龙"一句，可使我们联想到杜甫《秋兴》八首中的"鱼龙寂寞秋江冷，故国平居有所思"两句诗。杜甫这两句诗是慨叹唐朝安史乱后国家之多难，而朝廷却一无作为与对策，因而引起了对故国的无限怀思与悲慨。蒋春霖这两句词也有同样的悲慨，但词人的悲慨伤心，对时势又有何实际帮助呢？只不过把一切伤心都付与秋江上的一片茫茫烟霭而已。这首词既反映了时代的背景，也表现了作者个人的悲慨，写得极为沉郁，是蒋春霖的一首代表作。

# 王鹏运

歌哭无端燕月冷，壮怀销到今年。

断歌凄咽若为传。

家山春梦里，生计酒杯前。

接下来我要给大家介绍的是晚清时代的几个重要词人，我第一个要讲的是王鹏运。

王鹏运，字幼遐，自号半塘老人，也叫半僧，晚号鹜翁。他曾经娶妻，但妻子早死，曾经有过一个儿子，但这个儿子也很早就死了。所以他叫作半塘这是表示怀念他的父母，因为半塘是他家祖坟所在。而他也自号半僧，是因为他娶了妻可是妻子早死，生了儿子，儿子也早死。他家里的人给他算命，说他有一半和尚的命，因此叫半僧。至于为什么又叫鹜翁呢？鹜是一种鸟，鹜这种鸟的特色是鸣而无声，飞而不能远。它叫的时候没有很大的声音，鸣而无声。也就是说王鹏运觉得自己平生没有什么成就，所以给自己取个别号叫鹜翁。他所作的词当然有很多不同的名字，他给它们都按照甲、乙、丙、丁编了一个次序，有乙、丙、丁、戊、己、庚、辛这么多词稿，但是没有甲稿。他是从乙字开始，因为他说自己科第没有考上甲科。甲科也就是中进士，他自己深以为憾，因此词集里没有甲稿。但他做官曾做到监察御史，且以直声震天下。他很敢说话，因为御史的职责就是要敢言。当慈禧携光绪帝常驻在颐和园不上朝的时候，只有他敢纠弹劾劲，他非常关怀国事，与文廷式、朱祖谋相往还。王鹏运是生于公元一八四八年，卒于公元一九〇四年。文廷式生于公元一八五六年，也卒于公元一九〇四年。他们死在同一年，他们都亲身经历了很多国家的耻辱和灾难。在王鹏运的词集里，和文廷式联句和韵的作品有十三首之多。他和文廷式既处在同样的时代，而且两人也同样有关心国家的志意。

除了填词以外，王鹏运还值得我们注意的就是他平生致力于词集之校勘。词从唐宋流传以来，大家刚开始认为它只是传唱的歌词，并不太重视它，因此版本纷杂。举个例说，就像《南唐二主词》就不知道有多少版本。而王鹏运把词当作经、史这么重要的东西来给它做校勘、整理，最后再刻板、印行、推广，他在这一方面做了很多的工作。所以我一开始就说清词之所以兴盛的原因：时代的背景、作者的众多、流派的众多、作品刊印的盛行，还有后来更用研究经、史治学的方法来研究词，这些都是清词之所以兴盛的原因。

王鹏运是清季四大词人之一，所以我们一定要讲他，另外还有一位四大家之一就是郑文焯。王鹏运所致力的是词集的校勘与刻印，郑文焯所致力的是词的音律。词到了清朝的时候旧谱已失，大半都不能唱了。姜白石当年所创的曲调和所编的工尺曲谱流传下来，郑文焯在这一方面做了很多搜集整理和研究的工作。还有一位就是况周颐，他致力于评词的衡量准则与作词方法门径的探讨。况周颐著有《蕙风词话》，这是大家公认的一本很重要的词话，他是承继了清代词学研究发展和集其大成的一位学者。另外还有一位比他们年代更晚一些的就是朱祖谋，他生于咸丰七年（公元一八五七年），卒于民国二十年（公元一九三一年）。朱祖谋是清末民初很重要的一位词人，他也整理了很多词集，刻有《彊村丛书》。上述的这四位词人对于词不管是创作或是搜集、整理，都做了不少的工作，所以被称为晚清的四大家。也有人对晚清四大词人有不同的说法。如编《近三百年名家词选》的龙榆生，他把文廷式列入代替朱祖谋。总而言之，这五位是清末非常重要的作者，不过文廷式主要是在创作，他比较不涉及校勘、印刻、研究等，所以有的人不把文廷式列入清末四大名家，而只算我们前面所讲的：王鹏运、郑文焯、况周颐、朱祖谋为四大家。

　　刚才我已经略为说明过王鹏运所经历的时代，这几位词人都是经历了戊戌变法的失败（公元一八九八年）。公元一九〇〇年八国联军进入北京，慈禧和光绪皇帝都逃到西安去了。我们现在要讲的王鹏运和郑文焯的几首词，其内容所写的，就都是在他们经历了八国联军攻陷北京，慈禧光绪仓皇西逃时，他们内心的凄惶和痛苦。这时候国家的首都已经沦陷，而且慈禧已逃过两次难，一次是英法联军火烧圆明园的时候她曾逃走，再一次就是八国联军进入北京时她又逃走。一个国家怎么经得起这样的变乱呢？所以当时他们内心非常痛苦。而且这个时候打进来的都是西方的英国人、法国人，和明末攻入北京时的满族人更有差别。以汉族来说满族虽是异族但还是黑发黑瞳的亚洲人，而此时瓜分中国的已是肤色不同及文化大异的欧洲民族，这些词人身经变乱的痛苦你们应该可以想见。

好，现在我们就来看王鹏运的《临江仙》，我还是先把它念一次。

## 临江仙

枕上得"家山"二语，漫谱此调。梦生于想，歌也有思，不自知其然而然也

歌哭无端燕月冷，壮怀销到今年。断歌凄咽若为传。家山春梦里，生计酒杯前。

茆屋石田荒也得，梦归犹是家山。南云回首落谁边？拟呵湘水壁，一问左徒天。

曾有同学问我怎样作诗，怎样填词，作诗填词并不是你们打开一本诗律或词律，一个字一个字地去拼凑。就算你能逐字地拼凑成一首诗或一首词，也绝对不会是一首好诗或好词。其实填词作诗全要靠平常的工夫，因此古人说，枕上、马上、厕上的时间都可利用。这一首词是王鹏运有一天夜晚梦醒后，在枕上翻来覆去睡不着，他心里面有很多感慨，他梦到了"家山"这两句话。作诗或填词并不一定是一下子都把整首完成，有时候会有灵感先有两句诗或两句词，你觉得很不错，然后你才把它逐步完成。因此在这首词的牌调后面他加了二行小字，首二句就是："枕上得'家山'二语，漫谱此调。"接下来再说"梦生于想，歌也有思，

不自知其然而然也"，他是在梦里得到这两句词的。你们一定很奇怪，做梦也会梦到两句词？其实我自己就曾经在梦里梦到过诗句，也梦见过两句很完整的联语，这都收到我的《迦陵诗词稿》的创作集中了。所以梦里头得到词句是完全可能的。他说："梦生于想，歌也有思。"词就是一种歌词，代表他内心的一种情思，他说他自己也不知道为什么会有这样的句子。好，现在我们就来看王鹏运这首词说的是些什么。

他在北京亲眼看见戊戌变法的失败，亲眼看到八国联军占领北京，亲眼见着国家一步一步地走向败亡。当八国联军攻入北京的时候，王鹏运是沦陷在北京城里边的，他是怎么样排遣度日的？那就是填词。这真是"歌哭无端"，很多的感情没有办法发泄。我们一般人说歌，是欢喜，就是唱歌，哭才是悲哀、哭泣。但你们也一定听过古人说："长歌当哭。"当你哭不出来的时候，你就放声唱一首长歌，把你的感情发泄出来。我们人生有多少感情真是歌哭无端，像李雯的《风流子》，不知道他从哪里跑出来那么多的感情要说。

"燕月冷"一句，"燕"，指的就是北京的所在。天上的月亮显得这样地凄凉，这样地寒冷。唐人的诗句说："秦时明月汉时关。"月亮是永远不变的，月亮在北京郊外的长城之上，阅遍了多少的历史兴亡。张惠言的词说："闲来阅遍花影，惟有月钩斜。"月亮看到花开，月亮也看到这千古的兴亡。如果天上的月亮有知，而从秦汉照到现在清朝的败亡、被列强瓜分的下场，这天上的月亮将会有什么样的悲哀和慨叹？所以他说："歌哭无端燕月冷。"而他接下来写的"壮怀销到今年"一句，在前面我简单地介绍了王鹏运的生平，他年轻的时候直声震动天下，他在朝廷上敢言国家的缺失，他也有关心国家前途的壮怀，可是没有人重用他。慈禧太后掌权，戊戌政变也失败了，所有的豪情壮志一直消磨到现在，这热情也将殆尽了。

"断歌凄咽若为传"，我在这已沦陷的京城借着小词令曲来传达我的感情，像这种"断歌"，这种唱不出来的歌声，这种呜咽的歌声。"呜咽"，是不敢放声痛哭。有同学问我为什么清朝人的词写得这样幽咽？因为清朝有文字狱，一般人不敢畅所欲言。如果大胆地写出真话，说不定就有飞来横祸的可能，甚至有抄家斩首的罪名，所以清朝人的词写得这样隐约，真是呜咽难言。从清朝初年哀伤明朝的灭亡，一直到晚清面临列强的瓜分强占，真是"断歌凄咽若为传"，我们怎么样传达我们这一份歌哭无端的痛苦？

王鹏运是广西人，也就是所谓的临桂词派。他呼唤我的家山在哪里？国在哪里？我的家乡是在遥远的广西，而旅食在京师，不知道什么时候才能够回到我的家乡？我的生活现在只剩下什么呢？我已没有豪情，已没有壮志，我没有前程和理想，只剩下颓唐的饮酒麻木自己。这真是"家山春梦里，生计酒杯前"。

"茆屋石田荒也得，梦归犹是家山"，他刚才那"家山"两句是上半首的结尾。"家山春梦里，生计酒杯前"是他梦里的两句词。国家弄到这样的下场真是家山何在？所以他接着又说，现在我故乡临桂老家破茅屋前贫瘠的田地都已成了荒榛蔓草，就算是我只能在梦中回去，那毕竟还是我的家乡。但京师现在已经沦陷在八国联军的手中，我已经回不去了，我回不了我的故乡。眺望我那遥远的家乡，那真是："南云回首落谁边？"我广西的家乡远在西南，遥远得像在天上白云的另一端。我回头看看我的故乡，我回到哪里去？我的家乡那么遥远我是回不去了，这又是为什么呢？用问句表示悲慨，就像开头我们讲的李雯的第一首词，他说："谁教春去也？人间恨、何处问斜阳？"为什么世间有这么多苦难和不幸？我王鹏运又要问谁呢？他说"拟呵湘水壁，一问左徒天"，湘水就是湖南的湘水，是屈原故乡所在的地方。屈原所写的一篇文章《天问》，他提出了很多的问题，把天地宇宙一切的现象事理都质问遍了。汉朝的王逸写了一篇序说："屈原放逐彷徨山泽，见楚有先王之庙，及公卿祠堂，图画天地山川神灵，及古贤圣人物行事，因画其壁，呵而问之，以抒愤懑，舒泻愁思。"他认为《天问》是屈原被放，彷徨在楚地时呵壁问天之辞。屈原被放，一腔愤懑无处宣泄，昂首问天共一百七十二个疑问。自天、地、山川，以至圣贤神怪，用这一篇《天问》舒解自己内心的愤慨及忧愁。而屈原做过楚怀王的左徒，因此王鹏运说："拟呵湘水壁，一问左徒天。"

中国的古典文学，你们要对它的传统有一份了解，还不止是传统，而且也要有理性知识上的了解，和感情上的共鸣。曾有同学对我说，我们起初读词时觉得那是离我们很遥远的，后来我们再读下去，就觉得我们也有所关心了。我们看到中国当时经历内忧外患的苦难；你们要知道中国人生长在中国的文化之中，他除了有这个认识以外，他更有的是一份感情。

"拟呵湘水壁"，湘水是屈原的故乡，屈原给我们留下了那么多的作品，那些作品所传达出来的是一份最完整、最美好的追求，对于人格品行美好的追求，"制芰荷以为衣兮，集芙蓉以为裳……佩缤纷其繁饰兮，芳菲菲其弥章……"这些表面写的是芳草美人，其实就正是屈原对人格美好的追求。他对楚国有一份执着的忠爱，在战国春秋时代中国是有很多的国家，连孔子都周游列国，鲁国你不用我，我可以到别国。孟子也周游列国。而屈原为什么不像孔子？为什么不像孟子？去找别的国君用你，你为什么那么执着一直待在楚国？因为屈原是楚之同宗，他是楚国王室的宗族。你们要了解这种感情，这种和自己国家民族认同不能分割的感情。并不因为自己的国家衰弱腐败了，就把国家丢掉了、不要了，唯其因为你坏，我才要把你变好，这是中国过去传统士大夫的感情。

所以王鹏运说"拟呵湘水壁"，我要像屈原一样，"一问左徒天"，"左徒"，指的就是屈原，屈原就曾呵壁问天：为什么？为什么我们的国家是这样？为什么我们的遭遇会这样？真是"拟呵湘水壁，一问左徒天"。也正像李雯词所写的"谁教春去也？人间恨、何处问斜阳"。人的感情也很奇怪，最早李雯写这样的慨叹，是因为他的明朝灭亡了，清朝侵略入关，而现在晚清这几位大词人如文廷式、王鹏运、蒋春霖都是汉族人，而他们却在为清朝的危亡而忧伤感叹。所以你追求感情不要向外面去追寻，只有你自己完成你自己才是重要的。连国家民族当年那么多死难志士的感情，本来都是抗清的，为什么到后来又这么效忠于清？

三百年把人世间一切都改变了，人世间的兴衰真令人慨叹。我们从清朝的开国讲起，一下就快讲到清朝的灭亡了。我曾在台大讲过《史记》，《史记》中所写的英雄豪杰、圣贤名人的列传，真是让人慨叹。人生！真的是如此，而在这样的人生之中，你怎么站住你自己的脚步？怎么样完成你自己？这就是张惠言说的："花外春来路，芳草不曾遮。"虽然是"谁教春去也"，如果是你自己心里有了春天，那个春天就不会走了。苏东坡说的："浮空眼缬散云霞，无数心花发桃李。"这是中国读书人真正学道有得的话。

# 郑文焯

行不得！黐地衰杨愁折。

霜裂马声寒特特，雁飞关月黑。

目断浮云西北，不忍思君颜色。

昨日主人今日客，青山非故国。

　　接下来我们讲下一位作者郑文焯，我们先看一下他的生平。郑文焯，字小坡，一字叔问，号大鹤山人，又号冷红词客，奉天铁岭人，隶汉军旗。咸丰六年丙辰生（公元一八五六年），父瑛棨，官陕西巡抚。一门鼎盛，兄弟十人，裘马丽都，惟文焯被服儒雅。

　　我把这几句稍为解释一下，裘马，即肥马轻裘。丽，美好、美丽。都，豪盛的意思。这里说郑文焯生长在很豪贵的门庭，他兄弟几个人都是很讲究、很奢华的，只有郑文焯的天性不喜欢奢华，所以他所穿的衣服都是很儒雅朴素，而不是华贵美丽的衣服。有些人生在豪门当然就比较奢华，可是这跟天性也有关系。像纳兰成德的父亲明珠在朝廷做到太傅，但是纳兰天性却不追求豪贵，这是他天生如此的（纳兰词我已写有专文，见《词学古今谈》，所以此处不再讲了）。

　　郑文焯曾经考中光绪乙亥（公元一八七五年）举人，"官内阁中书。旅食苏州，为巡抚幕客"，他做官做到内阁中书，因为当时的清朝朝政非常败坏，让他很失望和不满，因此他离开了首都到苏州，做苏州地方长官的幕客四十余年。"善诙谐，工尺牍，兼长书、画"，这是说郑文焯擅于谈笑、幽默，也长于写来往的书信、公文等，他字写得好，画也画得好。"雅慕姜夔之为人"，姜夔也是字写得好，词填得好，可是不肯做官，而一辈子在幕府之中替人做门客。郑文焯钦羡姜白石的为人，而姜白石在南宋的词人里面是一个非常懂得音乐的人，姜白石自己不只是填词，还给这些词谱上曲谱，所以到现在姜白石的词还可以唱。姜白石是懂得音乐的，而郑文焯也是懂得音乐的，"深明管弦声调之异同"，知道这些管弦声调微妙的差别。"上以考古燕乐之旧谱"，还考察到古代隋唐之间新兴起的燕乐的旧谱。对于白石自制曲，"其字旁所记音拍，皆能以意通之"。姜白石所作的曲子旁拍所记的音乐调子的记号，这个记号既不是五线谱，也不像工尺谱，但是郑文焯做过研究，他能通晓白石的调谱。民国七年戊午（公元一九一八年）卒，年六十三，葬邓尉。邓尉山在苏州，山上有很多梅花，风景幽美，他喜欢这里的景色，所以死后就埋葬在邓尉。

郑文焯他们这一些人都是对朝廷的政治失望了，有很多感慨寄之于词，因为时间的关系，我们只讲他的三首小词。郑文焯曾经写过一首词，这个词的牌调叫《月下笛》，《月下笛》是在戊戌政变失败后所写的。我没有时间把它都写下来，所以我只写简单的几句。他说："延伫、销魂处。早漏泄幽盟，隔帘鹦鹉。""延伫"，本来是等待的意思。延，是推延。伫就是伫立，站在那里等。他所等待的是什么？他们本来盼望戊戌政变能够成功。你知道戊戌政变的时候，他们君臣本来商量好了，但是政变要成功一定要有军事的后台来支撑，因此他们叫谭嗣同去见袁世凯，也就是叫谭嗣同请袁世凯举兵保护光绪帝，因为这是一个夺权的事情，夺权一定要有军队支持才行。当时袁世凯的军队是很有力量的，而且袁的外表好像也很开明，所以他们以为可以跟袁世凯合作，因此就叫"六君子"之一的谭嗣同跟袁世凯要求要他保护光绪皇帝收回大权。袁世凯表面上同情他们，答应帮忙，可是是假装的，所以说"佯许之"，"而密告于荣禄"，而袁世凯就偷偷地向荣禄告密，而荣禄又向慈禧太后报告，因此这个戊戌政变就失败了。所以这"延伫"可以说他本来在等待一个好的消息，他们希望这个变法能够成功，所以他说"延伫"。"销魂处"，可真是让我销魂。销魂，是非常地悲哀，让人魂飞魄散的，本来我们是在等待一个好的消息。"早漏泄幽盟，隔帘鹦鹉"，早已有人把我们这个暗中的盟约泄漏了。是谁给泄漏的？他说是隔帘外面那个鹦鹉泄漏的，这个鹦鹉指的就是袁世凯。

从这里你们可以知道，清朝的词真的都有言外之意的，而清朝的词它为什么不直接说，而非要这样写呢？因为他不敢直说，如果他真的直说了，袁世凯还在当权呢！荣禄也在当权，慈禧更在当权。所以这些词人有很多不得已的失望、悲哀、痛苦，不得不这样来写。那么现在我们了解这个情形了，这一首写的是戊戌政变。戊戌政变是在公元一八九八年，而在两年以后的公元一九〇〇年又发生了义和团的庚子之乱。

我们上次也提到过的另一位词人朱祖谋，他在庚子之乱时也填了一首词。那时八国联军还没攻打进来，朱祖谋力谏慈禧太后义和团不可用，他也阻止义和团不可杀洋人攻领事馆。慈禧愚昧以为义和团真是刀枪不入神仙附体，中国人当时也真是深受洋人欺侮，满腔的痛苦愤恨所以就相信了义和团。可是朱祖谋是个比较清醒的人，他知道义和团是不可轻信的，而所谓使馆更是国际之间外交折冲之地，有法律要遵守，更是不可随便杀人。他曾经劝告慈禧太后，但是慈禧太后不听，所以他写了八首《菩萨蛮》，其中有这样的句子："玉珰缄翠札，曲折何缘达，商略解连环，人前出手难。""珰"，就是耳环。因为李商隐曾有一句诗"玉珰缄札何由达"，说一对男女有一段爱情，这个女子就把她的一对耳环封在信里边寄给她所爱的男子。这你们就知道为什么清朝的词这么写，他明明是骂袁世凯，说他泄漏了机密，可是郑文焯却不能这样直说，他只能说"早漏泄幽盟，隔帘鹦鹉"。现在朱祖谋要给朝廷呈一个奏章说你不能相信义和团，不能随便杀使馆的洋人，可是当时没有人接受他的建议。所以他词里头说，我就像一个女子摘下了我的耳环封在一个有翡翠装饰的信函里边，这也表示很珍重的意思，可是"曲折何缘达"，可是路这么曲折，我没办法让他知道。也就是说他有这个主张，可是他没有办法挽回这个局势，慈禧不听他们这些人的劝告。"商略解连环"，他说我们大家商量要把这个困难解开。"连环"代表一种难以解决的困难。这也是出于中国古代的一个典故，《战国策》记载：古人拿一整块的玉雕成一个连环，中间没有接缝所以无法解开，这表示难解的困难。他说，我也想跟大家商议一个办法，"商略解连环"，可是"人前出手难"，我拿不出去，没有人要看，我写好了这样的一封信，我要解决这个困难的问题，可是我在人前拿不出手，没有人接受我的劝告。因为朱祖谋曾经力言义和团不可用，使馆应该保护，而慈禧不肯听信他的话。所以就写了这样涵义深隐的词句。刚才我们讲了郑文焯的《月下笛》，朱祖谋的《菩萨蛮》，但是我没有时间讲他们整首的词，现在我们只能讲郑文焯的三首短词《谒金门》。《谒金门》是一个词的牌调，现在我先把它念一遍：

# 谒金门

行不得！踯地衰杨愁折。霜裂马声寒特特，雁飞关月黑。

目断浮云西北，不忍思君颜色。昨日主人今日客，青山非故国。

# 又

留不得！肠断故宫秋色。瑶殿琼楼波影直，夕阳人独立。

见说长安如奕，不忍问君踪迹。水驿山邮都未识，梦回何处觅？

# 又

归不得！一夜林乌头白。落月关山何处笛？马嘶还向北。

　　鱼雁沉沉江国，不忍闻君消息。恨不奋飞生六翼，乱云愁似幂。


　　头一句"行不得"最早是出在《花间集》里的一句词。《花间集》里有一首《谒金门》的词，一开头就是说"留不得"。《花间集》里写的都是男女的感情，那个感情是说，我不想跟你离别，我想留下来，可是我又不能够留下来，所以说"留不得"。现在郑文焯是想模仿花间男女的感情，所以他的形式、格调是很接近的。可是他写的又是什么呢？

　　"行不得！黦地衰杨愁折"，"黦"，是黄黑色，指的是秋风秋雨之中柳条上长出来的黑斑。黦地，是描写已经变成这样黑黄颜色衰败的杨柳树。你们知道八国联军的庚子之役，慈禧太后和光绪皇帝都逃难到西安去了，他们仓皇地离开京师，一个国家败坏到它的君主被逼得不得不离开首都时，这是怎么样的一个局面？这是秋天的季节，正是八国联军进北京的时候，那里尽是些黑黑黄黄衰败的杨柳树。怎么送他们出城呢？他们不是普通的人，他们是一国的君主，而现在仓皇地出走了。

　　"霜裂马声寒特特"，"特特"，是马蹄声。这句有两种解释的可能，一个可能是说，八国联军的这些骑兵马匹在京师来回驰骋，在这样荒凉的季节，在京师之内，那敌人的马蹄声荡拂在冷风之中。但也可以说，光绪皇帝和慈禧太后，乘着马驾的车逃走了，在光绪和慈禧出逃的路上，真是"霜裂马声寒特特"。

"雁飞关月黑"，在秋天的时候，有从北向南飞的鸿雁，而雁飞则代表在旅途上来往的行人。也就是说在旅途上的行人走在那荒凉的关塞之中，在那昏黑的月色之下，从北京到西安一路上经过了多少的山河关塞？在昏黑的月色之中那是皇帝在逃难。可是在那个时候，郑文焯并不在京师，他不是到了南方吗？他在八国联军之前已经到南方去了。他说我在南方"目断浮云西北"，"北"，这里要押韵念 bò，是入声。他说，我望着西北方的首都，他从江南望着北方的首都。

"不忍思君颜色"，我真是不忍心再去想我的国君，现在仓皇逃走不知变成什么样了？他对光绪皇帝是很有感情的，而且是非常同情他的。因为光绪皇帝很想革新，但是一直处在慈禧的威权压制之下。所以他说"不忍思君颜色"。光绪也是一位不错的皇帝，很有理想的一个人，可是不能施展他的抱负。

"昨日主人今日客"，昨天光绪皇帝还是大清帝国的君主，还在他的京师首都做皇帝呢！而今天却在关塞昏黑的月色之中逃难，真是"昨日主人今日客"。

"青山非故国"，北京城外就是西山。你看那青青的山色，还是我们故国的山川，可是现在故国的京师已经沦陷到列强的手中，虽然有美丽的江山，可是已不是我们的故国。

接着下一首他再说："留不得！肠断故宫秋色。瑶殿琼楼波影直，夕阳人独立。"光绪皇帝可以不这么狼狈地仓皇逃难吗？如果他不逃走，敌军已经占领了京师，这真是"留不得"！

"肠断故宫秋色"，当年国家的宫殿，在凄凉的秋色之中真是让人肠断。郑文焯这个时候虽然在南方，可是王鹏运、朱祖谋当时是沦陷在京师。他一方面怀念故国，怀念自己的国君，他也怀念留在京师的这些朋友。你们这些没逃走的人，真是身处在这么险恶沦陷的危城，所以说"肠断故宫秋色"。

"瑶殿琼楼波影直"，故宫那么美丽的宫殿倒映在水中。北海里有一个水池叫太液池。白居易《长恨歌》说"太液芙蓉未央柳"，就是形容以前唐朝那个太液池的景色。北京故宫城内也有太液池的池水，故宫城外又有御河。你看那些瑶殿琼楼倒映在太液池水中，倒映在御河的河水中那个波影，显得多么高大雄伟。"直"，高矗的样子。

"夕阳人独立"，你们沦陷在北京的这些好朋友，当你们面对这种景色的时候是什么样的心情？尤其是在夕阳西下的黄昏独立在御河边上，那有多么的苍凉？多么的悲哀？

"见说长安如奕"，"奕"，就是下棋。杜甫《秋兴》八首中曾说："闻道长安似奕棋，百年世事不胜悲。"唐朝的长安也有两次的沦陷，一次是天宝的安史之乱，另一次是唐代宗时的吐蕃之乱，所以长安曾沦陷两次。杜甫亲身经历了第一次的长安沦陷，第二次长安再沦陷，杜甫已经身在四川。所以《秋兴》里说："闻道长安似奕棋。"长安是首都，一个首都应该安定稳固，怎么首都像下棋一样，今天你赢了，明天我赢了。就像现在的北京城一样，今天英法联军进来了，明天八国联军进来了，这像一国的首都吗？所以他说"见说"，别人告诉我说，这个首都经过这么多的变乱，一下子英法联军火烧圆明园，一下子八国联军来了，就像在走一

盘棋一样。我真是"不忍问君踪迹",我真是不忍心,光绪皇帝
不知道逃到哪里去了?他离开了京师逃往何方?真是"不忍问君
踪迹"。

"水驿山邮都未识",光绪皇帝逃走了,他是走到什么地方?
是走到哪个水边的驿站?是经过了哪个山旁的邮亭?水驿跟山邮,
是古时的码头及传送信件的所在。光绪皇帝从京师逃走,他是逃
到哪里去呢?是水边的码头还是那些传递信件的邮亭呢?我真的
不知道他到底是逃到哪里去了。

"梦回何处觅",就是我想在梦里头去找他,都找不到了,因
为皇帝已经不在故宫,他是在哪一条水上?在哪一座山旁?这真
是"水驿山邮都未识,梦回何处觅?"

第三首:"归不得!一夜林乌头白。""归不得"有人认为是郑
文焯想要回到京师,他又回不来。但是我想郑文焯并不是想回到
京师,因为北京已经沦陷了。这个"归不得"说的还是皇帝,其
实他这三首词都是怀念光绪皇帝的。哪一天你才能再回到你自己
的首都来?真是没有办法回来了。

"一夜林乌头白",顾贞观的《金缕曲》说:"盼乌头马角终相
救。"乌鸦的头变白了才放你回去。不知道皇帝哪一天才能回去?
我盼望一夜之间在树林中栖落的乌鸦都变成了白色,也就是把不
可能的事情变成了可能,把现在的逃亡度过,光绪帝能够很快地
就回到京师来。

"落月关山何处笛?马嘶还向北",逃难的时候是昼夜兼程,
连晚上都还在逃。一路上逃难,当月在山河关塞间沉落时,从什

么地方传来这诉说行路艰难哀怨的笛曲呢？为什么说"落月关山何处笛"呢？《关山月》本来是汉朝乐府的横吹曲，是军乐的曲名，"关山月"指的也是军队夜里的行军。像岳飞还说"八千里路云和月"，就是形容打仗的人披星戴月地向前赶路。杜甫的诗句曾说"三年笛里关山月"，这些兵士披星戴月地在关山之中作战、赶路，这些军人之中就有人会吹怀念故乡离别的曲子。唐王昌龄诗亦有云："撩乱边愁听不尽，高高秋月照长城。"叙写吹这种怀念故乡，描述行路艰苦的曲子。所以郑文焯说："落月关山何处笛？"什么地方有这种哀怨的笛声，是诉说那行路艰难的？

"马嘶还向北"，光绪帝离开京师一直向北面逃，听到马叫的声音那是走到更远的西北方去了！

"鱼雁沉沉江国，不忍闻君消息"，鱼和雁都代表信息的传递，因为古人说鲤鱼可以传书。这有两种说法，在秦朝的时候，陈胜、吴广起义，他们要制造胜利的预言，因此就写了"陈胜王"的一张帛书藏在鱼肚子里。鱼可以藏书信在肚子里，鱼可以传书这是一种说法。还有一种说法是，在古代还没有发明纸以前，用帛写信，帛就是白色的丝绸，把帛放在木匣子里，而这木匣做得就像一条鱼的样子。所以古人把鱼当成是一个传信的象征。雁，则和苏武的故事有关，苏武沦陷在匈奴，传说他要和汉朝通消息，就把一封信绑在雁的脚上，让雁带回去他的信息，所以鱼雁是传书的。他说，我现在就是想传一封信给朝廷表示我的关心，也不知道往哪里可以送我这封信。"沉沉"，是没有消息。"江国"，代表天上及水中，不管天上或水中，都没有一点讯息。而且我也不忍心听到光绪帝的消息，我怎么忍心听到一个皇帝在路上经受这样的艰难困苦和狼狈仓皇？

"恨不奋飞生六翼"，我真是恨不得自己能有六翼，六翼并不是说六个翅膀。鸟只有两个翅膀，六翼是说鸟的羽毛翅膀很盛大丰满。他说我恨不得我身上能长出这么强大丰盛的翅膀，飞回去看看我所关怀的君主，但是我却不能够。

"乱云愁似幂"，天上的阴云密布，像我的忧愁一样遮天盖地地压了下来。"幂"，遮盖的意思。我被整个忧愁遮盖了，就好像那天底下所有的乌云都笼罩了下来，包围住我。

这三首《谒金门》词是写得非常沉痛的。叶恭绰对它的评语就说是："沉痛。"郑文焯的这三首《谒金门》是庚子之乱时写的，反映了他的那个时代的纷乱与内心的无主。

# 朱祖谋

野水斜桥又一时。愁心空诉故鸥知。

凄迷南郭垂鞭过,清苦西峰侧帽窥。

新雪涕,旧弦诗,惝惝门馆蝶来稀。

红黄白菊浑无恙,只是风前有所思。

接下来我要讲朱祖谋，因为时间的关系我只能选他的一首小词。现在先看他的小传：朱孝臧，一名祖谋，又号彊邨，浙江归安人。咸丰七年（公元一八五七年）丁巳七月二十一日生。举光绪壬午乡试，来年成二甲一名进士，授编修。甲辰（公元一九〇四年）出为广东学政，与总督龃龉，引疾去。回翔江海之间，揽名胜，结儒彦自遣。民国辛未年（公元一九三一年）卒于上海，年七十五，归葬吴兴道场山麓。孝臧始以能诗名，及官京师，交王鹏运，弃诗而专为词，勤探孤造，抗古迈绝，海内归宗匠焉。晚处海滨，身世所遭，与屈子泽畔行吟为类。故其词独幽忧怨悱，沉抑绵邈，莫可端倪。尝校刻唐、宋、金、元人词百六十余家为《彊邨丛书》，又辑《湖州词徵》二十四卷，《国朝湖州词徵》六卷，《沧海遗音集》十三卷，学者奉为宝典。其自为词，经晚岁删定为《彊邨语业》二卷，身后其门人龙沐勋为补刻一卷，编入《彊邨遗书》中。

现在我把这首《鹧鸪天》先读一遍。

# 鹧鸪天

## 九日，丰宜门外过裴邨别业

野水斜桥又一时，愁心空诉故鸥知。凄迷南郭垂
鞭过，清苦西峰侧帽窥。

新雪涕，旧弦诗，惜惜门馆蝶来稀。红萸白菊浑
无恙，只是风前有所思。

词牌后面还有小字，"九日"，就是九月九日。"丰宜门外"，
丰宜门是京师的一个城门。"过裴邨别业"，裴邨是刘光第的号，
刘光第是戊戌政变被杀的六君子之一，在八月十三日被杀。这一
首词就是在六君子被斩首的二十五天之后填写的。裴邨别业，就
是刘光第的住所。

"野水斜桥又一时"，刘光第的住宅就在北京的南门之外，那
里有一湾野水，有一座小桥，当年朱祖谋常常到这里来访问刘光
第，但是现在刘光第死了，所以他说"野水斜桥又一时"，野水是
当年的野水，斜桥是当日的斜桥，风景依旧，人事全非。他不只
是朋友死了，他们当日变法的希望跟理想也全落空了。

"愁心空诉故鸥知"，我们的悲哀，我们的忧愁能去跟谁说
呢？也许我只能跟那水上的鸥鸟谈一谈心，也许我还能找到当年
我过访刘光第时，听我们谈话的那只鸥鸟，把我现在满怀的悲愁
诉说给它听。

"凄迷南郭垂鞭过"，刘光第的住宅在北京城的南边。"南郭"，

指南城门。我在经过南城门的时候，我的内心这样的凄迷，这样的悲哀，我骑着马都没有心情，没有气力提起手来扬起我的马鞭，所以我就垂着马鞭，黯然地经过这让人心伤的南城边的道路。

"清苦西峰侧帽窥"，在北京城里可以看到远远的西山，我看西山好像也露出遍山的苍凉悲苦。因为人的感情是悲哀的，因此他看见的山色也是悲哀的。我还要抬头去看山吗？我鞭子扬不起来，我头也抬不起来，我是侧侧地斜戴着帽子，伤心地经过故人的旧宅。

"新雪涕，旧弦诗，悄悄门馆蝶来稀"，我流下了止不住的涕泪。"雪涕"，指眼泪之多。我想的是什么？我想的是我们旧日的弹琴，我们旧日的论诗，我们当年在一起聚会时快乐的往事。"悄悄门馆蝶来稀"，我经过你的家门，你的庭院，也已经寂寞阒静悄无人声。"悄悄"，寂寞没有人声。刘光第已被斩首，家人也被驱逐。不要说没有人声，连蝴蝶也不飞来了。

"红萸白菊浑无恙"，"萸"，是茱萸。古人在重九的时候身上要佩戴茱萸，他们认为这样可以避开灾难。红色的茱萸，白色的菊花，像从前一样地开放，一点也没有改变。但是当年我们共同的理想，共同的努力，我们聚会的那些朋友呢？

"只是风前有所思"，我再经过这野水斜桥，风景依旧，故人已杳，我只有深沉的怀念。

郑文焯和朱祖谋的词，非常真切地反映了庚子之乱和戊戌变法。郑文焯反映的是庚子之乱的流离，朱祖谋反映的是戊戌变法的失败。

## 况周颐

一向温存爱落晖，伤春心眼与愁宜，画阑凭损缕金衣。

渐冷香如人意改，重寻梦亦昔游非，那能时节更芳菲？

　　最后我要介绍的词人是况周颐和他的一首小词，先把他的小传简单地介绍一下：况周颐，原名周仪，字夔笙，号蕙风，广西临桂人，原籍湖南宝庆。咸丰九年（公元一八五九年）九月一日生。以优贡生中式光绪五年乡试，官内阁中书。嗜倚声，与同里王鹏运共晨夕，于所作多所规诫，自是寝馈其间者五年。南归后，两江总督张之洞及端方先后延之入幕。晚居上海，以鬻文为活。民国十五年丙寅七月十八日卒，年六十八，葬湖州道场山。有词九种，合刊为《第一生修梅花馆词》，后又删定为《蕙风词》一卷，其门人赵尊岳为刊于《蕙风词话》后。况周颐以词为专业，致力五十年，特精品评。所为词话，朱祖谋推为绝作云。

　　刚才我们讲的郑文焯、朱祖谋，他们都有一个确实的背景，那是庚子之乱或是戊戌政变，现在况周颐所写的，这些事情都已成了过去，只留下一种心情。有的词人他所反映的是一种感情的事件，有这么一个事件发生了，我有这样的感情，这是一个感情的事件。当事情刚发生的时候都是一种感情的事件，等到这个感情事件过去了一阵子，留下来的就是一个感情的境界了，也就是那种心情的境界。我要介绍的这首《减字浣溪沙》就是这样的，现在我先把它念一遍。

## 减字浣溪沙
### 二首选一

一向温存爱落晖，伤春心眼与愁宜，画阑凭损缕金衣。

渐冷香如人意改，重寻梦亦昔游非，那能时节更芳菲？

你们看过各种不同的词，现在这一首所写的不是感情的事件，而是一种感情的境界了。

"一向温存爱落晖"，我们刚才看过的几个作者本来是作诗的，后来学了词就喜欢词，完全投入到词的创作。词表现了一种很难言说的意境，所以王国维用"境界"来说词。"落晖"，是太阳快要落山时残留的那一点光辉。残留的那一点光辉既然是日光，那它还是温暖的。这一轮落日快要沉下去了，还能够长久吗？那是不能够的。"一向"，是非常短的时间。李后主的词："罗衾不耐五更寒，梦里不知身是客，一晌贪欢。"就是这么短暂一点点温存的意思。这落日虽然那么短暂，但是还有那么一点点残余的温暖叫人喜欢。

"伤春心眼与愁宜"，这心是伤春的心，看到春天去了落花飞

170

絮两茫茫，春天的时候看到万紫千红转眼就飘落了。连杜甫都说："一片花飞减却春，风飘万点正愁人。"我的心是伤春的心，我的眼睛也是看到这些景象而伤感。我心里所想的，和我眼睛所看到的都让我伤春。最适合现在的感情是什么？那就是哀愁。"一向温存爱落晖，伤春心眼与愁宜"，就因为他那么悲哀，那么寒冷，就剩下这一角残阳，我怎能不爱恋这仅存的一角斜阳呢？

"画阑凭损缕金衣"，我为了看这一点点的落日余晖，我就靠在阑干的前面。"画阑"，美丽的阑干。"凭"，是靠的意思。我靠得这么久，把衣服上缕金的金线都磨损了。这当然是词人主观感情夸大的形容，为了留恋落日，我倚阑这么久把衣服上的金线都磨损了。接下来是什么呢？太阳已经完全沉下去了……

"渐冷香如人意改，重寻梦亦昔游非"，那香炉里面的清香，慢慢地都燃烧成了灰烬，慢慢地都冷了下来，香味也渐渐地淡了，就如同我们人的所有情意完全改变了，我们不再有当年共同的理想，不再有当年共同的追求，这所有的情意都随着时光改变了。我想找一找旧日的风景，找一找旧日的环境。从前我跟我的好朋友在哪一个园林相会？在哪一个池馆聚首？现在我想再回到那个地方去，去找我旧日的梦，但旧日的梦永远是不会回来了。往事就算像一场梦也要把它找回来，去寻找从前我们共同走过，共同游过的地方，但已经完全不是从前的一切了。

"那能时节更芳菲"，这一切过去就是过去了，花落就是落了，我们怎能指望这个季节再倒转回来，再有万紫千红繁华的春天？这哪能够啊？

"渐冷香如人意改，重寻梦亦昔游非，那能时节更芳菲？"这真是晚清最后一个送春的词人。清朝从开国到结尾，我们在这么短的时间内，看了一段清朝整个词发展的过程。从汉族的反清复明，到汉族为清朝的衰亡而悲哀、伤感。这真是人世之间历史的盛衰沧桑，可以参透个中兴亡的消息。

说张惠言的
《水调歌头》五首
——谈传统士人的修养与词的美学特质

飘然去，吾与汝，泛云槎。

东皇一笑相语：芳意在谁家？

难道春花开落，更是春风来去，便了却韶华。

花外春来路，芳草不曾遮。

　　我们现在要讲清代常州词派的创始人物，他就是张惠言。其实，我们希望不止是讲他的词，我讲的是张惠言的词与词论。可是我有两个目的，一个是透过张惠言的词来看一看在儒家、道家的思想传统之下，中国的读书人他们在修养品格方面有什么样的特质。还有一个就是透过张惠言的词论来看一看词这种文学，在形式上、美学上，有什么样的特质。所以我们具体是讲张惠言的词与词论，可是我们的目的是要透过他的词来看他的修养、他的品格、他所代表的中国文化的特质。同时，透过他的词论，来看他所认识的词这种文学形式，有什么样的美学特质。这是我们真正主要的重点所在。

　　关于张惠言，我们在讲到《茗柯文集》时已经有过简单的介绍。在张惠言的文稿中，他曾写到关于他祖母，也就是他先祖妣的行述。他还写过他先妣，也就是他母亲平生行事的记述。从这两篇记述我们知道张惠言家里两代都是寡母孤儿，他父亲那一代是在寡母教养之下长大的，而他自己这一代又是在寡母的教养之下长大的。而且他的家里非常贫穷，所以他小的时候他的母亲把他送到城里的一个亲戚家中读书，他有时偶然回家来，连晚饭都没得吃，饿得第二天早上都没有力气起床。他母亲说："你是不常回来，其实在家里我跟你姐姐、你弟弟，我们是经常挨饿没有饭吃的，日常就只有我跟你姐姐做针线女红来维持生活。"所以他是从很贫苦的环境之中长成的。很多人曾对他的母亲说，你们家里这么穷，为什么不叫你的孩子去学一些比较实际的谋生之计呢？他的母亲说："我们家里世代都是读书的，我不能从我这里断绝了我们家的读书种子。"因此他们一直都是向学读书，而且都是发愤精进。张惠言在城里边读书回来，也教他弟弟读书。每天晚上母亲跟姐姐在灯前做针线，因为他们很穷只点一盏油灯，母亲跟姐姐做针线，哥哥就带着弟弟读书。

长成之后张惠言不仅文、词造诣很高，事实上张惠言最出名的是他的经学，他是一位经学家。我们以前也讲过，清朝的词之所以兴盛有很多的原因。一个是因为作者很多，一个就是因为清朝的这些词人都不只是像柳永这样的人，只是风流浪漫写几首小词，他们很多都是学者，像张惠言就是经学家。他经学里的特长就是《虞氏易》，是三国时代虞翻所讲的《易经》，他注重的是由象而求易。此外他还研究《仪礼》，中国古代是很重视礼的，认为人与人之间能够保持良好而合礼的关系，那么社会上就会是安定的，而具体的关系要从形象、动作，表现出来，那就是一套《仪礼》。所以张惠言同时还是一个经学家，他在《虞氏易》跟《仪礼》的研究方面有他的心得。

张惠言也编过一本书叫《词选》，《词选》的前面他写了一篇序文，他说："词者，盖出于唐之诗人，采乐府之音以制新律，因系其词，故曰词。"这我们说过，词是配合音乐来歌唱的一种歌词，所以就叫作词。他又说："传曰：意内言外谓之词。"张惠言在这个地方的解释是很牵强的，他的解释是一个比附之言。"意内言外"叫作词，这是《说文解字》上的话，可是《说文解字》讲到的词，是文词、语词的词，它是表示一个意思的，所以说是"意内言外"。而现在说的这个"词"，是歌词之词，跟《说文解字》所说的词不是一回事情。张惠言所解释的是牵强比附，是不对的。我们要知道他的长处，也要知道他的缺点。而且要明白为什么他会有这样的缺点。因为张惠言编选这本《词选》的时候是在安徽的歙县，在歙县有一个很有名的经学家叫作金榜，当时张惠言和他的弟弟张琦，他们兄弟二人都在金榜的家里一方面向金榜问学，因为金榜比他们都年长，他们接受金榜的指导，另外一方面他们也教导金榜家里的子弟读书。当时金榜家里的这些年轻子弟他们要学词，他们觉得词是一种很美、很好的文学形式，所以这本《词选》就是张惠言当时给金家的子弟讲词时所编的一本讲义。你们想金榜是一位有名的经学家，张惠言也是研究经学的，这么两位研讲经学尊重中国传统道德文化的人，一下子要讲歌词，而歌词所写的都是些美女跟爱情，那该怎么样讲呢？所以张惠言在金榜家里教这些学生的时候，他就说这些表面上写美女跟爱情的词里边都是像《诗经》《楚辞》一样，用美人香草以喻君子，它们都有比兴寄托的意思。表面上词写的都是美女跟爱情，可是里边美人香草都是比喻贤人君子，都是有比兴寄托的。

会有这种情况的发生，一方面是因为他的身份，他是经学家讲词，所以他一定要说词里边有比兴寄托。另外一方面则是由于词的本身，这些美女跟爱情也有比兴寄托的可能。因为中国历史传统太悠久了，在伦理关系中，男女、夫妇的关系与另外一个伦理中君臣的关系有相似之处。像曹子建的诗："君若清路尘，妾若浊水泥，君怀良不开，贱妾当何依。"就是以"贱妾"自喻。这是一种很微妙的情况，就是说夫妇男女的感情关系，与君臣的关系有相似之处。从屈原、曹植以女子来自比就有这样的一个传统。而词呢？如果是像屈原所写的美人，或者是像曹植写的美人，那么他们是作者有心用意安排的。就是他把美人或贱妾来比他自己或者比贤人君子，他是有心用意的一种安排。可是这里边也有一些奇妙的分别，有些别的词人作者他不一定是有心用意去安排，他只是给美丽的歌女去写一个歌词。可是在他的潜意识之中，因为自己的孤独、寂寞或者是被贬谪、或不被任用的这种感情，跟那个寂寞、孤独得不到爱情的女子有相似的地方，因此他的潜意识，就在所写的词中不知不觉地流露出来了。所以就有了这两种的情形，词里的美女跟爱情它可以是有深一层的寄托，它也可以只是给读者深一层的联想。所以张惠言提出的"意内言外"的说法虽然比附牵强，可是跟词本身的性质确实可以暗合，就是词里边果然可以给人这种联想。

我们上面已经讲了"意内言外谓之词"，张惠言又说："缘情造端，兴于微言，以相感动。极命风谣里巷男女哀乐，以道贤人君子幽约怨悱不能自言之情。"这个意思就是说，风谣里巷男女哀乐，本来是一种歌谣，是普通的大街小巷之间一般的少男少女们写他们相思怨别的哀乐感情的歌词。可是"极命"，当这样的歌词发展到极点的时候，就有了一种意思，就可以"以道贤人君子幽约怨悱不能自言之情"。你看他说的，他不说以道贤人君子之情。他说以道的是"贤人君子"的，还是"幽约怨悱"，而且是"不能自言"的感情。他可以写成"贤人君子之情"就好了，但他却要写成是贤人君子最幽深、最隐约、最含蓄，而且最哀怨的一种失落不满足的情意。而且这种情意是他的显意识不能够自己说明白的，"不能自言之情"，所以词是很微妙的。

在中国词的发展的传统历史上，有这两种的可能，一种是有心的用意，要把美女比作贤人君子这是有心的；一种是无心的暗合，就是词人所写的女子的感情与贤人君子的感情有暗合的地方，它可以给读者这种联想。所以后来在张惠言这派词学理论所影响的一个词学家，也就是谭献，他说："作者不必有此意。"作者不一定有这样的用意，"而读者何必无此想"，而读者可以有这样的联想。

词是一种很微妙的文学体式，比诗更加微妙。因为诗是显意识的，是言志的，可是词是不知不觉之间流露出来的，早期的词都是如此。这就是我们讲到的张惠言的词论，他的词论虽然有牵强比附的地方，但是他确实体会到了词的一种美学特质，所谓词的美学特质就是说它能给读者很多、很丰富的联想。是作者不必有此意，而读者何必无此想，这是词的一种特殊性能。

好，张惠言这个人我们已经介绍了，张惠言编这册《词选》

的时间地点我们也知道了。他是在金榜家里边，一方面做学生，一方面也教学生时所编的。他从少年时期在贫穷困苦之中长成，中间经过了一些什么样的经历呢？他是寡母抚养长大的，一门孤寡茕茕弱息。他的寡母又是在哪一年死去的呢？他母亲是在乾隆五十九年死去的，他母亲也恰好五十九岁。乾隆有六十年，张惠言在金榜家教书及编《词选》是在嘉庆二年的时候，那是他母亲去世后的第三年。张惠言传下来的词并不多，他传下来的词大概只有四十八首，还不到五十首词，但是大家认为他是一个重要的作者，一则是因为他在词的理论方面认识到了词的美学特质有深一层的意思，可以给读者很丰富的联想，这是他的词论中很值得重视的一点。虽然他留下来的词不多，而且他写的《词选》的序文也很短，可是他对于后来的影响很大，一直到晚清和民国初年，很多写词的人像朱祖谋、王鹏运等还受了张惠言的影响。

张惠言二十五岁考中举人，可是一直到三十多岁才考上进士。他中间曾多次进京参加春闱但都没有考中，一直到了嘉庆四年他才考中进士，做官做到翰林院的编修。所以他在嘉庆二年编《词选》的时候尚未考中进士，而现在我们要讲的这《水调歌头》五首，小题是"春日赋示杨生子掞"，这个杨生子掞是个年轻人，是张惠言的学生。根据张惠言的文章里描述，杨子掞是个为学很努力，很用功的人，但是杨子掞常常对人表示："我是很愿意向学的。"讲到这里话先岔开，古人所谓的求学，不是像现在我们所说的只是一种知识或技能，而这种知识技能是可以作为一种商品可以谋生的。中国古人所说的为学却不是这样的，古人所说的为学最基本的就是要学为人。《荀子》里有一篇《劝学》，荀子说："古之学者为己，今之学者为人。"古代的学者是为了充实自己，现在的求学是为了给人看的，这是很不相同的。当时杨子掞跟张惠言求学，他很有向学之心。所谓的"向学"其实以中国孔子的道理来说，就是一种求道。是先从你自己的做人做起，这是儒家说的。修身是基本，先修身、齐家，再治国平天下。而修身你要正心诚意，是要从你自己的品格、心性的修养，一步一步地做起的。一定要认识这一点，那是你自己的正心诚意，那是你自己对自己的品格心性的修养，那才是最基本的。

现在有很多人研究儒家学说，把它当作知识。你可以讲孔子的学说，你可以讲孔子的道理，但是你的行为、你的言谈举止、你的品格修养、你的心性，是合乎儒家的吗？现代人常把这一切都当作一种知识，是可以拿来贩卖的。可是中国古人不是这样的，中国古人真是做到"古之学者为己"，他们向学是求道，是一种品格心性的修养。张惠言的教学就是如此的，所以他的学生杨子掞就跟同学及老师说："我真是要向学求道，可是我的心里边虽然是要向学求道，但是却常常不由自主地会做出一些不大好的事情。"西方《圣经》里头也曾说："立志为善由得我，只是行出来却由不得我。"这是杨子掞向张惠言所表示他求学求道之中的困境，这常常也是很多人有心向学求道时都会遇到的瓶颈。

孔老夫子一直到了七十岁才做到，所谓"七十而从心所欲，不逾矩"。他说，我七十岁时可以做到从心所欲，我感情上所想要的，也就是我理性上所追求的。我从心所欲，并不是你可以随便去做那些很多没有规矩法度的事。所以孔子说的"从心所欲"它下面还有三个字这才是重要的——"不逾矩"。我虽然从心所欲，但是还要合乎礼法。这真是一种最高的修养，把这两者完全统一起来了。而杨子揆目前的境界还不能把它统一起来，因此他有了困惑，他向老师做这样的表示。而张惠言也在向这一方面努力，所以他就写了这五首词跟他的学生一同勉励。

这个词的牌调叫作《水调歌头》，《水调歌头》我想大家最熟悉的一首词就是苏东坡的《水调歌头》："明月几时有？把酒问青天，不知天上宫阙，今夕是何年？"我们知道词是各有不同牌调的名称，如《鹧鸪天》啦、《水龙吟》啦、《水调歌头》啦，这都是词的牌调。其实每一个不同的牌调，就是每一个不同音乐的曲子，而每一个不同的音乐曲调，都有每一个不同曲调所表现出来的特色，这一定是如此的。有的曲子的音乐它所表现出来的是比较沉重的，有的音乐的声调它所表现出来的是比较流利的，有的是比较轻快的，有的是比较迂缓的。每一个调子当然有它不同的特色，而《水调歌头》这个调子一般说起来是比较轻快流利的，就是你念起来很顺口一下子就念下来了。不像南宋的那些词人所使用的一些曲调，像王沂孙啦、吴文英啦，你念他们的词很不容易念，而《水调歌头》是很容易念的。

为什么呢？一切的事情都有一个为什么的原因。《水调歌头》之所以如此轻快流利的缘故，是因为它的词是有很多五个字一句的，五个字一句与诗的格律是相似的，就是念起来是比较顺口的。"明月几时有，把酒问青天"，一念很顺口就念出来了，比较上是流利轻快的。流利轻快的调子你如果作起来不小心就容易变成油滑，就像郭沫若的"大快人心事，揪出四人帮"，这也是《水调歌头》。所以《水调歌头》这个调子的特色是轻快流利的、是顺口的，可是你一不小心就会成为油滑。所以写《水调歌头》这个词，你一定要外表的形式轻快流利，而内容的情意要深曲、婉转。要这两者相配合，要刚柔相济。就好像研究书法的人说，写字要怎样才写得好呢？如果你的形体是方，那么你的精神就要圆；如果你的形体是圆，那么你的精神就要方。形方神圆或者形圆神方，要两者互相配合。

所以张惠言的这五首《水调歌头》一方面读起来在声调上有轻快流利的好处，一方面在它的内容上有曲折深婉的好处，是两者的互相结合。而且我们也说过，词一般都是写美女跟爱情，用词来讲儒家修养的大道理是很少的，很少人用这种写美女跟爱情的形式来写儒家思想的大道理。而在诗里边是有人写过的，而这种诗能不能写得好呢？

宋朝的儒学大家朱熹，他也是讲儒家孔子的思想，所以他也曾把自己读书的修养写到诗里边去。不知道大家有没有读过他的这首诗："半亩方塘一鉴开，天光云影共徘徊。问渠那得清如许，为有源头活水来。"他是用一个形象来比喻我们的修养。他说好像是半亩大的四方池塘，这个池塘的水这么清明、这么干净、这么澄澈，好像是一面镜子打开在那里。"鉴"就是镜子的意思。"半亩方塘一鉴开"，池塘是很安静的，如果没有风，没有波浪，这个水面就跟镜子一样。至于上面的天空，那碧蓝天空的天光，那飘过去白云的云影，"天光云影共徘徊"，这倒影在镜子里边，天光云影在这个像镜子的方塘水面之中流动。"问渠那得清如许"，我不禁要问一问这池塘，你为什么这么干净呢？底下为什么一点污泥都没有呢？怎么能够像这么样的干净？"为有源头活水来"，因为这不是一摊死水，死水有很多烂泥巴、尘土都蒙在那里，而它能这么干净，是因为它有一个源头的活水。这是讲人的修养，不是你今天听到老师说的一句话，就明白了，可是你过两天又把老师的话给忘记了，你又没有了。

我以前去听过基督教讲道，牧师说，你来听一次道，你觉得欢喜充满，好像一个干渴的人喝到很甜的水一样，可是你如果只是听的时候得道，就如同你去取一杯水喝，而这杯水喝完时你又口渴了，你要使你的内心之中有一口泉水，你才永远不会再干渴。所以儒家的修养也是如此的，是你的内心之中有一种生命的力量来求学向道，那才是持久的。不是说我今天立志，明天就忘了，三天打鱼两天晒网。所以"问渠那得清如许，为有源头活水来"，这个道理当然讲得也很好，这是道学家的诗，但讲得也很好。

可是你们要知道，诗是比较显意识的活动，它把这个比喻说得非常清楚，我们一看就懂了。他说的是，你要有一个源头的活水，为学求道都是应该如此的。可是张惠言所写的是词，这个词的曲调本身就跟诗不一样。诗七个字一句很整齐，可是词呢？是长短句，它的形式就是不整齐的，而且词不是一个字一个字很清楚明白地说出来的，所以张惠言的这几首词是什么时候作的还大有关系。根据张惠言《茗柯手稿》的编年，他是客居在京师时作的，那是乾隆五十八年，而那时杨子掞也在京师向张惠言问学，就在这个时候张惠言写下这五首词。

我要说明他写这五首词的时候，是早于他编《词选》，是在他编《词选》以前写了这五首词，其实这一点是很重要的。如果是在他编《词选》以后写的，他已经把他的思想主张提出来了，他就会先有一个成见在心。像说词是"极命风谣里巷男女哀乐，以道贤人君子幽约怨悱不能自言之情……"这就有一个成见在心，而有了一个成见在心，你就被拘束了，我说这一句是这个意思，那一句是那个意思，这就很明显的有一个比兴跟寄托，有很明显的用心。可是他现在写的这五首《水调歌头》是比他编《词选》的年代要早，所以在那个时候他可能觉得词里边是可以表示有一种深意的可能，可是他还没有把他的主张固定下来。他对词的看法在成长可是还没有固定，所以他是很活泼的，他这里面究竟要说什么，不是像朱熹的那首诗，我们一句一句都是可以讲得很明白的，而张惠言的这五首词不是的，我们不一定都可以讲得很明白。我们不禁要问诗歌文学作品究竟是要可以讲得很明白才好，还是不能够讲明白才好？这实在是各有好处。有的诗词是讲明白了是好，可是有的诗词的好处就是不能够讲明白才是好。也不是说只是张惠言的词不能讲明白，中国魏晋之阮籍他写过八十几首的《咏怀》诗，在这八十几首的《咏怀》诗中他要说些什么？前人批评阮籍的《咏怀》诗，就说他"反复零乱，兴寄无端"。他的感情是反复零乱，他的感情也许这一首诗说了，下一首他又说，前一句说了，隔了几句他又说。而且他说的不是像朱熹的这一首诗，有一个很明白的次序，他是反复零乱的，阮籍是用什么来感兴的呢？"兴"就是兴发，是一种感动，让人有一种兴发感动。"寄"就是寄托，有一种比喻。这是说他的感动兴发，跟他的寄托比喻是"无端"。"端"就是头绪，你不能从他的诗中找出一个头绪，你不能够说明，可是这也正是阮籍诗的好处。张惠言的这五首词，大家读起来也许觉得不能够完全明白，可是这不是他的缺点，这是他词的好处，现在我们来看他的词。我们在这之前所讲的，就是我们读这五首词的一个准备。我们现在就来看他的这五首《水调歌头》。

张惠言的《水调歌头》共有五首这么多，我们一般把这一类的作品，如果是词我们叫它作组词，如果是诗我们就称它作组诗。其实组词就是一组的词，组诗就是一组的诗，这种起源是相当早的。像《诗经》里边《桃夭》它的第一句就是桃之夭夭，所以这一组诗我们就管它叫《桃夭》。《诗经》是以第一句的两个字当作题目，它每一章像"桃之夭夭，灼灼其华。之子于归，宜其室家"是四句，它还有第二章"桃之夭夭，有蕡其实。之子于归，宜其家室"也是四句。它还有第三章"桃之夭夭，其叶蓁蓁。之子于归，宜其家人"也是四句。因此《毛传》就说："桃夭三章，章四句。"

在隋唐以前还没有词，词是隋唐以后才有的。若就诗而言，最早的《诗经》开始就有组诗，比如说《桃夭》这首诗，它一共有三首，有三章，每一章是四句，都是一组的诗。《诗经》的组诗是由于音乐的关系，它是一个乐曲的调子，而且常常是重复的。

到了后人写诗，也有人一组、一组地写，比如说像曹植他的《赠白马王彪》，这个彪是曹彪，他送给白马王曹彪的诗一共有五首，这五首诗是一组诗。还有我们上次提过的阮籍他曾写过一个诗题叫《咏怀》，有八十二首的五言诗，这也是组诗。还有陶渊明也写了很多首组诗，当然最有名的就是《饮酒》诗一共有二十首。陶渊明之后的一个很有名的作者，当然大家都知道那就是杜甫，杜甫写的最有名的组诗就如《秋兴》，他一共写了八首诗，这些都是组诗，这是从《诗经》以来就有的传统。可是组诗也有很不同的情况，也就是在这多首诗之间的次第有不同的必然性，像《诗经》的《桃夭》"桃之夭夭，灼灼其华"，这说的是桃花的美丽；第二首"桃之夭夭，有蕡其实"，这是赞美桃子的果实，他是从花到叶到果实一步一步写下来的；第三首"桃之夭夭，其叶蓁蓁"，这是赞美叶子的美丽。

也有的像阮籍的《咏怀》诗，这八十二首诗除了第一首诗有一个开端的意思以外，以后的好几十首诗就没有一个必然的次第。所以后人说阮籍的《咏怀》诗是反复零乱，它没有一定必然的次第。但是如杜甫的《秋兴》八首，这八首诗是有一定的次第的，他从四川夔州的秋天写起一直写到长安，他一步一步地向下写，而且有时间性，从日落到黄昏，到月亮出来，到第二天早晨太阳出来，然后再叙述到长安的宫殿啦、曲江啦，他一样一样地写下来，所以杜甫的《秋兴》八首是有一定的次第的。所以说有的诗是有一定次第的，有的就没有必然的次第。有的只有第一首有次第，其他的就没有。那么陶渊明《饮酒》诗的二十首呢？他的第一首跟末一首是有一定的次第，而中间的就不一定有一定的次序。所以组诗的次第有很多种不同的情况，不过不管是哪一种情况，既然是把它写成了一组了，总之是作者有很多的感情，很多的意思要表达，他觉得写一首不够，所以他写了一首，再写一首，因此就写成了组诗。

有了组诗以后，我们就要问有没有成组一组一组的词呢？这一组一组成组的词有一种不同的现象，组词也许有的时候大家会误会，认为同一个牌调很多首是不是就是一组的组词呢？那是不一定的，你们要知道词跟诗是不一样的。我们从一开始就讲了，词是歌词。它是给一个流行的乐曲填一些文字，就是歌词。最早的歌词是没有题目的，因为它是在歌筵酒席之间歌唱的曲子，它有的只是曲调的名字，所以不是题目。比如说《花间集》里头所选的第一个作者是温庭筠，温庭筠所写的最有名的一个牌调大家都知道是《菩萨蛮》，他写了很多首《菩萨蛮》，但是我们并不把它当作是一组的词，因为词里边的《菩萨蛮》它只是一个调子，就是说他填了很多这个牌调的歌词，因为这个牌调很好听，因此他作了一首再作一首，但是它没有一个统一的题目。那么有没有组词呢？当然也有组词。

跟温庭筠同时的一个作者——韦庄，韦庄写了一组词也叫作《菩萨蛮》。韦庄写的《菩萨蛮》有几首呢？有五首。有没有题目？也没有题目。可是韦庄的这组词，从它的内容来看，它里边有一个故事。他写他跟一个女子离别了，然后他到了江南，后来他没有办法去和这女子重见了。这里边有一个故事，而这个故事它有一定的次序。

往后宋朝的一个文学家他写古文，也写诗，也写词，就是欧阳修。欧阳修写了一组《采桑子》，这《采桑子》也是乐曲的牌调，他写了十首《采桑子》，这《采桑子》所写的都是当时颍州的西湖，写的是颍州西湖的景色，这里边没有一个固定的次序，有的时候写花开，有的时候写花落，有的时候写水边，有的时候写山巅。没有一个必然的次序，它有各种不同的情况。像这种不同的情况我们在选词的时候或者是在讲词的时候有一个要注意的地方，比如说韦庄的五首《菩萨蛮》它有一个故事性，我们应该全部都选，不应该把它删掉任何一首。杜甫的《秋兴》八首，我们也应该全部都选，不应该把它删掉一首。讲的时候要一直讲下来，你才真的能够懂得它这里边有一个感发的生命。我们常常说诗歌里边有一种感发的生命，特别是像杜甫的《秋兴》八首，它感发的生命是非常地强大。你一章一章，一首一首地讲下来，你就可以体会到杜甫的那个感发从四川的夔州到首都的长安，中间一步一步的渐进，那个感发的生命的成长和变化都可以看得很清楚，所以像这种有一定次序的作品我们不可以随便删选。可是像一些没有一定次序的作品我们就可以删选，所以像温庭筠《菩萨蛮》十几首的作品，你不一定十几首都讲它，你可以删选几首。可是韦庄你就要五首都选下来，而欧阳修的《采桑子》颍州西湖你选它几首都没有关系。

而现在我们就要说张惠言的这五首《水调歌头》是怎么样的一种情形呢？我个人觉得是这样的，刚才我们不是说了张惠言的这五首《水调歌头》和阮籍的《咏怀》诗很相似，中间都是反复零乱，没有一个固定性，没有一个次第，这种情况常常是第一首是最重要的。我刚才也说过阮籍的八十二首诗没有一定的次序，但是最重要的第一首和其他的差别在哪里？就是因为第一首作品他的感发刚刚兴起的时候，他那个感动的力量很强大。我以前在台大给学生讲阮籍诗的时候，我曾给阮籍的诗做了一个比喻：我说这就如同我们蒸了一大锅的馒头，馒头你一次蒸出来这味道、大小都差不多，可是你刚刚把笼屉打开冒着热气的时候，你拿出来的第一个跟你以后再拿别的那个感觉是不同的，因为它是带着蒸腾的热气拿出来的。所以我就是说像阮籍、像张惠言啦，他们中间反复零乱，没有一定的次序，我们不一定五首全讲，我们可以只讲一、三、五，中间的没讲没有关系，可是第一首是重要的，因为那是他一个感发的兴起。现在我就从他的第一首讲起。

它的题目是"春日赋示杨生子掞"，现在我们先来看第一首。

现在我先把第一首念一遍：

## 水调歌头　春日赋示杨生子掞

东风无一事，妆出万重花。闲来阅遍花影，惟有月钩斜。我有江南铁笛，要倚一枝香雪，吹彻玉城霞。清影渺难即，飞絮满天涯。

飘然去，吾与汝，泛云槎。东皇一笑相语：芳意在谁家？难道春花开落，更是春风来去，便了却韶华。花外春来路，芳草不曾遮。

张惠言的词我们是从龙榆生的《近代词选三种》选出来的，所以在"便了却韶华"一句下面的括号里边曾写着"榆案"，这个"榆"就是民国初年的词学家龙榆生。他说："榆案：依律应上二下三，此句作上一下四，殊为不合。"他说按照《水调歌头》的格律，"便了却韶华"这一句应该是上二下三，按照声音来读应该是：便了——却韶华。他说此句作上一下四：便——了却韶华。上面是一个字的停顿，下面是四个字。他说殊为不合。但是这也不是张惠言的缺点，因为中国一向有这样的一个传统，声律上的停顿与文法上的停顿，有的时候可以不完全相合。我可以举个例证给大家看，宋朝的欧阳修他曾写过一首诗，题目是《过汝阴》，里边有这样的几句，他说："黄栗留鸣桑葚美，紫樱桃熟麦风凉。"他是写汝阴地方的风景。"黄栗留"三个字应该连起来，这是鸟的名字，也就是黄莺鸟的别名。桑葚大家都知道是一种果子，紫樱桃我们也都知道。按照文法应该是说：黄栗留——鸣——桑葚——美，紫樱桃——熟——麦风——凉。可是诗的声律停顿和文法的停顿在这里是不相同的。你念这首诗，如果照中国古代的传统应该念：黄栗—留鸣——桑葚美，紫樱——桃熟——麦风凉。所以当声律的停顿跟文法的停顿不一致的时候，你讲的时候是按照文法来讲，可是你吟诵的时候是要按照声律来读的。所以这不是张惠言一个人的例外，在古人的诗词里边常有这种情形，我在此顺便说明。好，我们现在开始来讲这一首词。

"东风无一事，妆出万重花"，这真是写得好，这真是表现了张惠言作为学者的一种修养。我们以前讲过中国文化的传统与西方文化的传统，东方的诗歌传统与西方诗歌的传统有很大的不同。西方不管是哲学的思想也好，诗歌的理论也好，他们常常是二元的，有主体，有客体，有地上的人类，有天上的神。可是中国不是的，中国有盘古开天辟地的神话，说是盘古的身体化生了宇宙万物。所以中国的哲学是一元的，天地与我并生，万物与我为一。而且西方讲诗歌文学的创作，他们曾提出 mimesis，它是一种模仿说。是你写外在的对象，就如西画的画画写生是很客观的，我把它写下来。可是中国不是的，中国从《诗经》开始注重的就是"兴"，兴就是一种兴发感动，是一种物我合一，大自然万物是与我合一的。中国人对大自然有一种兴发，有一种感动，人与物之间有一种生命的共感。而如果我们按照中国的哲学思想来说，天地是与我为一，万物是与我并生的。那么天地的性格是什么？天的性格是什么？宇宙的上天的性格是什么？中国古人说："上天有好生之德。"是一种生生不已的生命，这种力量，这种本质，真是一种生命的本质。所以张惠言说得很好，"东风无一事，妆出万重花"。现在外面正是春天，我们打开窗户一看，真是东风无一事，妆出万重花。天地给我们这么美丽的大自然，草的绿，花的红，青山碧水，万紫千红。东风有什么目的？上天有什么目的？它是为了什么现实的利益才妆点这么美的世界给我们看吗？不是的！上天就是有一种自然的生命的力量，它自然就是如此的，所以说"东风无一事"。春天的东风，它没有任何的目的，它并不是要有什么样作用和目的，它什么目的也没有，就妆出了万重花。
这个妆是妆点的意思，也是装饰的意思。他说东风无一事，它什
么都不为，就给我们妆点了，装饰了这么美丽的一个世界。宇宙
给了我们这么好的一个大自然，我们懂得去欣赏它吗？他又说了：
"闲来阅遍花影，惟有月钩斜。"他说，谁真正欣赏了天地给我们
的这么美好的景物？你有闲心去欣赏吗？我们每天都是为名，都
是为利，都是这样的忙碌。你欣赏了这个美丽的世界了吗？他
说，闲来知道阅遍花影，阅就是看，能够观赏。看遍了所有花的
影子，是惟有月钩斜。他为什么不说阅遍花，而说阅遍花影呢？
因为他所写的是月亮，月亮照在花上，所以就有影子。这里边还
有一个月亮的作用。宋朝有一个词人叫作张先，写过一首很有名
的词说"云破月来花弄影"，等云彩散开了，月亮出来了，一阵
微风吹过，月亮照在花树上，那花树的影子有一点摇动舞弄的姿
态，所以说"云破月来花弄影"。这说得非常好，所以月亮不只是
照在花树上，而且月亮还跟花树一起表现了这么美好的姿态。"闲
来阅遍花影，惟有月钩斜"，它给我们的兴发感动，它引起我们的
联想，是从那些最不显眼的语言文字上表达出来的，这也是词最
妙的作用。你们看阅遍的"遍"字，和惟有的"惟"字，月钩斜
的"斜"字。闲来阅遍花影，是惟有月钩斜，你一定要体会这些
个好像是不重要的微言、小的字汇，它给读者是这么丰富的感动
和联想。我们先说"遍"，我们也偶然看看花树，然后再看其他的
东西，可是他说是阅遍。我们刚才引了张先的词"云破月来花弄
影"，我们现在再引李商隐的一首《燕台》诗，他的第一首有这样

的几句,他说:"风光冉冉东西陌,几日娇魂寻不得。蜜房羽客类芳心,冶叶倡条遍相识……"这是很长的一首诗,我们只看他前面这几句,这也是写春天的到来。他说"风光冉冉东西陌","风光",这描述的那种春光真是美丽,而且他也没有说"春光",他说"风光"。因为这个"风"字有一种动态,而不是像死板的一幅画,放在那边就不动了。你看外边的景色那都是动态的,天光云影,微风摇动。"冉冉",正是那种天光云影微风摇动的姿态。"风光冉冉东西陌",东边的小路,西边的小路,南北的街,东西的街,这是"风光冉冉东西陌"。又说"几日娇魂寻不得",当然今天我们没有时间讲李商隐。李商隐是跟张惠言不大一样,李商隐的诗所表现的是没有达到儒家最高层次修养的"道",不是说李商隐的诗不好,李商隐是停在"情"的层次,没有达到"道"的层次。一个人多情、有情当然是好,但是他没有"见道",没有"悟道"。他停留在情的层次,没有达到道的层次。张惠言是有一点从"情"到了"道"的层次了。所以李商隐还在寻找,他说"风光冉冉东西陌,几日娇魂寻不得"。这"娇魂"是什么?娇魂是谁的魂?这你不用这么死板地去讲它。就是说美丽的春天,美丽的风光,应该有一种精灵、有一种精神、有一种境界,我要找到它,怎样去找呢?他又说了"蜜房羽客类芳心,冶叶倡条遍相识",我要把那个代表春天的美丽的娇魂找到。那我就像什么?我就像一只蜜蜂。蜜蜂不就是在花蕊的中心采蜜吗?花蕊的中心就是花房,花房里边有蜜啊!而这个"羽客"就是蜜蜂。所以蜜蜂就到花房去采蜜。他说我要找到春天这个美丽的娇魂,我就像蜜房羽客那种追寻的心，因为蜜蜂是追寻芳香的花朵的，所以管它叫芳心。蜜蜂找花的芳香的心，"蜜房羽客类芳心"。而蜜蜂怎么去找呢？它是"冶叶倡条遍相识"，每一片美丽的叶子，每一枝柔美的枝条，都让蜜蜂找到了。"遍相识"，每一片叶子我都找到了。"蜜房羽客类芳心，冶叶倡条遍相识"，我们要追寻宇宙之间一种美好的东西，我们以什么样的感情，以什么样的精神去找寻？我们真是要投注我们全副的精力去寻找。所以，现在张惠言就说了："闲来阅遍花影，惟有月钩斜。"所有美丽的花，我都要欣赏，我也要观赏每一株美丽的花树，它们舞弄出来的最美丽的姿态。"惟有"是只有，那就是说除了"月"以外没有别人懂得欣赏，你要知道你失落了宇宙之间多少美好的东西！苏东坡写过一首《永遇乐》的词，他说"曲港跳鱼，圆荷泻露，寂寞无人见"，这黑天半夜，寂阒无人，晚上有那么多美好的景物，可是我们都在睡眠的大梦之中，我们没有看到这么美的东西。所以他说，曲港里的鱼在跳，荷叶上露珠在滚动，是"寂寞无人见"，没有一个人看见它。所以张惠言说"闲来阅遍花影"，特别是晚上的时候，是惟有月亮看见。"惟有月钩斜"，而且还是斜月。我们说花好月圆，十五的月亮不是更好吗？可是词人却认为这个斜月是更有情致的，更有姿态的。我们也说"一弯斜月伴三星"，月亮弯处点缀几颗小星。还有韦庄的一首《菩萨蛮》，他说一个年轻的男子"骑马倚斜桥"，这就是这个"斜"字之妙，有一种浪漫的姿态。闲来阅遍花影，惟有月钩"斜"。所以讲词不能很死板地去讲，你都要很细心地去体会，这就是为什么王国维的《人间词话》说"词以境界为最上"。所以词中所写的不是能具体说明的事物，而是它表现了一种境界，所以我们要把它的境界讲出来，而不只是它的意思。好，宇宙这么美丽，"东风无一事，妆出万重花。闲来阅遍花影，惟有月钩斜"，那我张惠言又怎么样？在这样美丽的宇宙之间，你张惠言又如何呢？他又说了："我有江南铁笛，要倚一枝香雪，吹彻玉城霞。"这写得真是非常好。我说过讲词你一定要注意那些最细微地方的感动。我以前说过西方的符号学，就比如说茶杯，或者我写出茶杯这两个字的形象，这是一个符号，而它所指的对象是个茶杯。如果符号是个很具体的，是约定俗成的，是一种 established，已经成立的，是一种 conventional 的关系。这个就是这个，那个就是那个，茶杯就是茶杯，原子笔就是原子笔，录音机就是录音机。而符号学用到诗歌里边有一种叫作 micro-structure，就是指那种最细微、最精致的结构。每一篇诗、每一个句子都是一个 structure，而这个 structure 里边还有一种最细致的 micro-structure，这个细致的结构不是只说这个是名词，那个是动词，不是这样，这是太死板了。比如说我们要用一个字，这个字不只它的意思是什么，我们还要注意它所表现的属于感觉的质素是什么。比如说我们说这是一个木头的桌子，或是一幢木头的房子，这是普通的描述。而更清楚地说出这是什么样的木头？是桧木，杨木，还是桃花心木？它是什么颜色？是什么纹理？如果是一座石头的房子，那它是大理石，花岗石？是灰色的，还是粉红色的？是什么样的花纹？就是这种最细微、最精致的本质，你要对它有一种体会和了解。

　　而小词里边真正要讲出它的好处，都是在这种微言细致的地方表现出来的。我现在要说的是什么？外边这么好的景色，"东风无一事，妆出万重花。闲来阅遍花影，惟有月钩斜"。我，我怎么面对这个宇宙的？他说："我有江南铁笛，要倚一枝香雪，吹彻玉城霞。"张惠言写得真的是好。你们要注意他的微言。"我有江南铁笛"这个结合（combination）真是一种 micro-structure。"铁笛"，这个铁（metal）是金属的，这是那么刚硬的，那么坚强的。可是"江南"呢？古人的词说得好："江南好，风景旧曾谙，日出江花红胜火，春来江水碧如蓝，能不忆江南？"江南是那么温柔的，那么多情的，那么浪漫的。这"江南铁笛"写得真是非常好的结合。

　　有的时候人是会呈现有多种面目的，如果你要看张惠言写的关于《虞氏易》和《仪礼》的著作，那真是一副道学家的面孔，可是他写了很多小词也很浪漫多情的。范仲淹是一员名将，他写的词"碧云天，黄叶地。秋色连波，波上寒烟翠"，他一方面有刚强严肃的一面，另一方面却有这么温柔善感多情的一面，这是两种性格面貌的结合。所以他说我有"江南铁笛"，我既有江南那样的多情，我也有铁笛那样的坚贞。当然我们不能按照字面讲，说我要考证考证张惠言真的是有一支笛子吗？他的笛子真的是铁做的吗？这就太沾滞了，不懂得欣赏词的方法了。张惠言当然不必真有一支笛子，他只是说我既有江南那一份多情缠绵悱恻的感情，我也有铁笛那样坚贞不屈的品格和心性。"我有江南铁笛"，这写得非常好。你要吹你的笛子，你要在哪里吹？

他说"要倚一枝香雪"，这"香雪"是什么？这是花啊！他不是明说的花，"香"是花的气味，"雪"是花的颜色。所以他所写的不是只是概念的花，他所写的是属于花的一种美好的品质。"我有江南铁笛，要倚一枝香雪"，香，那么芬芳，雪，那么洁白。这是他本身性格的一种表现。"我有江南铁笛"，我要倚靠在那最美丽、最芬芳、最纯净的、最洁白的花树边，要倚这一枝香雪来吹我的笛子。吹得怎么样呢？"我有江南铁笛，要倚一枝香雪，吹彻玉城霞"，张惠言说得很妙，我要使我的笛子的声音，一直吹"彻"，彻，是直通或直达的意思。我要使我的铁笛的声音一直吹到，吹到哪里？是吹到玉城霞。"玉城"，是神仙所居住的地方。玉城也有人叫它作"玉京"，李太白有一首诗说"遥见仙人彩云里，手把芙蓉朝玉京"，李白这也是想象，他说："我好像看见有一个仙人在天上的彩云之间，手里边拿着一朵芙蓉花，到天上的玉京去朝拜。"所以"玉京""玉城"都是指天上神仙所住的地方。所以张惠言说："我有江南铁笛，要倚一枝香雪，吹彻玉城霞。"我有江南的柔情，我有铁笛的品格的坚贞，我所靠近的是花的芬芳、花的洁白，我要把我的声音吹到天上的玉城、玉京的云霞彩云深处。这真是对于美好的一种追求，这都写得很好。我们刚才说了，这个杨生子掞的困惑跟他的老师所要解决的：就正如《圣经》所说的是立志行善由得我，做出来却由不得我。这由不得我还有两个原因：一个原因是在己的，因为你的立志不够坚定，你的觉悟不够彻底，所以你半途而废，你自己没有做到。还有第二个原因，是在人。从修养来说，只要是你立志要做到，那是一定可以做到的，但是人的立志不只是靠我自己的品格、自己的理想、自己的志愿。他的事业能不能够完成，还有外在的因素。所以张惠言说"我有江南铁笛，要倚一枝香雪"，这是我要，我有江南铁笛，我要倚一枝香雪；这是我要，我要到天上的玉京的彩云之间；我到了吗？

"清影渺难即"，那个云霞之间的，那个彩云之间的美丽影子，你们现在可以发现张惠言的这五首词有很多重复的地方，他先说"闲来阅遍花影"，那是花的影子；现在说"清影渺难即"，又出来一个影字。"阅遍花影"，有"花"字；"难道春花开落"，又有一个"花"字。"东风无一事"，有个"一"字；"我有江南铁笛，要倚一枝香雪"，又是一个"一"字。在下半阕"飘然去，吾与汝，泛云槎。东皇一笑相语"，又是一个"一"字。这使我想起来三十年前我在台湾大学教书的时候，台大规定的课程"诗选与习作"，老师不仅要讲诗，也要教学生作诗。我跟学生说，一般来说，诗里边最好不要用重复的字，这是对一般的学生来讲的。但是真正伟大的诗人词人，就像苏东坡说的，我的文章如同万斛涌泉，不择地而出，不管什么地方随便都可以冒出来的。我的文章就是行乎所当行，止乎所不得不止，它自然而然就这么喷薄而出。所以大的诗人，大的词人，真正伟大文学家的创作，是可以摆落世俗的约束的，所以它的重复并不会变成它的缺点。刚才我也说了，阮籍的诗反复零乱，兴寄无端，他的重复是没有关系的。而且我们也知道词中有一种微言的作用，你很难确定指实，它是一种境界。你不要看到这个影子，你就一定要说这就是他刚才所说的花影，他最开始是说花影，但现在不是。他现在已经想象到"玉城霞"了，所以这句所写的已经是"玉城"之上的霞影了，是他所要追求的玉城之上的霞影。

"清影渺难即"，那个美丽的，那么遥远的像李太白说的："遥见仙人彩云里，手把芙蓉朝玉京。"那个美丽的我所追求的影子，是那么遥远，我不能够"即"，即就是靠近的意思。我没有求到它，"清影渺难即"。我是有我的理想，我是有我的追求，可是我的追求和理想太高远了，我不能够接近它，所以说"清影渺难即"，可是就正在你追求还没有得到的时候，你要注意，他下面所写的"飞絮满天涯"，春天是不等待你的！春天走了，你追求的那个清影还没有真的到那里，而人间早已是落花飞絮了。"落花飞絮茫茫"这是晚清另外一个词人的一句词。"飞絮"代表春光的零乱，代表年华的消逝。而"满天涯"是说有一个地方的春天留下来了吗？没有。所有的春天完全过去了，没有一处春天特别为你留下来的。所以他说："我有江南铁笛，要倚一枝香雪，吹彻玉城霞。"可是"清影渺难即"，现在是"飞絮满天涯"了。这五首词里边写的，整个是他跟他的学生杨子揆两个人互相勉励的情意。当我们向理想的高处去追求的时候，我们的挫折、我们的困难、我们的阻碍，我们在困难、挫折、阻碍之中我们怎么去面对它？所以他后面又说了："飘然去，吾与汝，泛云槎。"清影渺难即，从上边说我所追求的是玉城的霞影，可是这都是人的想象之词，天上哪里有玉城？哪里有玉京？哪里有玉京的霞影？所以这只代表他的一种理想，所以他所说的那个清影就是他所追求的理想。那么对于张惠言而言，我们中国儒家传统教人的，你先是正心、诚意、修身，你要从根本做起。你求学是求你自己品性的、资质的一种完美。你要知道中国儒家是推己及人的，不是自私的、不是小我的，他正心、诚意、修身、齐家，以后还要治国平天下。孔子也说："士当以天下为己任。"我们常说士、农、工、商，士凭什么资格可以排到农、工、商的阶级上面去？就因为工、农所负责的只是自己一部分的责任，可是士人应该负担的是天下的治乱，所有老百姓生活的一切责任士人是应该负担的。所以中国儒家传统培养出来的士大夫，应有这种以天下为己任的理想。范仲淹也说："士当先天下之忧而忧，后天下之乐而乐。"可是像张惠言他在二十五岁考中举人以后，再去考进士，居然连考五次都没考上。可是中国以前的士人，你只有通过科举考试，也就是两榜出身，你才能实现你自己的政治理想。孔子之所以周游列国，也就是想把他的政治理想找到一个国君，把他的理想付诸实践。可是孔子不也找了几十年而找不到吗？所以孔子就说了，如果我的理想不能付诸实行，那么我就"道不行，乘桴浮于海"，我就乘一个竹子或木头做的竹筏或木排到海上去。如果这个国家不好，这个朝廷不能用我，这个理想不能实现，那么就"道不行，乘桴浮于海"。所以相对于这个仕，就有一个隐。你总要找到一条路来走，那在仕隐之间你又怎么抉择呢？所以他现在就跟他的学生杨子掞说，既然我们的理想没有能达到，"清影渺难即"，可是"飞絮"已经"满天涯"了，年华已经不等待我们，我们现在把这些烦恼都放开，把我们那些政治的理想，那些为国家朝廷的忧虑得

201

失都放下。"飘然去"，我们就这样飘然得不想再仕进，"吾与汝"，我就跟你"泛云槎"。槎，就是木槎。我们就找一个木槎浮到海上。一直到哪里？一直到白云的天上。在这句词里边有两个传统典故的结合，一个是孔子在《论语》上说的："道不行，乘桴浮于海。"还有一个是晋朝张华的《博物志》上说的，以前海边有人他看见每年的八月海上就有一个浮槎漂过来，这个人就很好奇，这个浮槎是从哪里来？又往哪里去呢？它每年八月就来了，来了又走了。有一年，海边这个人就准备了很多粮食，等他看见浮槎来的时候他就上了这个浮槎，浮槎就带他到了一个地方，他看见那里有个男子在种田，有个女子在织布，等第二年的时候浮槎又把他送回来了。他自己纳闷我到底是到了什么地方了呢？有一个会算卦的人叫韩君平，他就去找韩君平问了一问。韩君平就说了，在某年某月我看了天上的星象，有客星犯牛斗之间。就是在牵牛星跟北斗星之间有个客星出现了，原来那就是你乘槎通到天上的银河了，所以你看到那个种田的男人就是牛郎，而那个织布的女人就是织女。这是张华《博物志》所记载的故事。所以你讲中国的诗词，你一定要对中国的古典文学很熟悉才可以。所以张惠言是把两个故事结合起来了，一个是孔子的"道不行"，所以是"飘然去，吾与汝，泛云槎"，而"云槎"还有《博物志》的联想。如果有这么一个木槎，我们就一直到天上去了，所以是"云槎"，到了斗牛之间，到了银河之上。

你们要知道儒家的读书人，他虽说是隐，那是因为他求仕而不能够得到，所以他就去隐，隐是不得已的一个办法，仕才是他真正追求的理想。所以他并不是真的放下，所以他语锋马上一转，又说："东皇一笑相语：芳意在谁家？"就是我们要走的时候，我们说春天已经过去了，我们也留不住，已经是落花飞絮都满天涯了。可是东皇，东皇就是春天的神，东皇就嫣然一笑，他就跟我们讲了话了。"相语"，就是跟我们相谈话。这都是张惠言的想象，其实都是他自己内心的自问自答。"东皇一笑相语：芳意在谁家？"你不是找春天吗？你不是害怕春天走吗？你知道你是可以把春天留下来的，你知道那春天美好的"芳意"，那最美好的情意，是在什么人那里？是在哪一个人的家里？"东皇一笑相语：芳意在谁家？"那美好的春天的芬芳，那美好的情意、那一份境界、那一份理想，可以留在什么人那里？这个东皇就继续地说："难道春花开落，更是春风来去，便了却韶华。"难道你以为春天就是外表的世界上的这些花开、花落？你以为春天就真的是那样的短暂吗？难道春天的花从开到落，春天的风从来到去，就把所有美丽的韶华都"了却"了？都完全消磨干净了？你以为真的是如此吗？你以为春天真的只是两个礼拜的花开，春天就没有了吗？你真是这么以为吗？那个东皇，也就是春天的神就告诉他说："花外春来路，芳草不曾遮。"遮，在这里念 zhā，是押韵的字。这花树是在它零落之后，在花的外边，花的旁边，除了这个现实的花树以外，那就是春天来的道路。没有芳草能把春天的到来遮住的，只要你要留住春天，你就留住了春天，你要追求春天，春天就与你同在。所以俞平伯他的祖父俞樾把他的书房的名字叫"春在堂"，就因为他写过一句诗说"花落春犹在"。尽管外面的花都落了，但是春天在你的心里留下来了，春天是不会走掉的，所以说"花落春犹在"。苏东坡有两句诗说："浮空眼缬散云霞，无数心花发桃李。"苏东坡年岁大了，眼睛也花了。"眼缬"，就是眼花的意思。他说我眼睛花了，我看见半空中都是云霞，都是朦朦胧胧的，好像是在烟雾之中，"浮空眼缬散云霞"。可是苏东坡第二句说得好，"无数心花发桃李"，外边的花我看不清楚，可是我内心之中的花开了，我内心之中有无数桃李的花都开了。虽然"浮空眼缬散云霞"，但是他有"无数心花发桃李"。所以张惠言词里说，春天的东皇告诉我们，"难道春花开落，更是春风来去，便了却韶华。花外春来路，芳草不曾遮"。只要你想把春天留住，春天就存在你的心里边，那也就是"花落春犹在"。对不起大家耽误这么多的时间，今天我们就讲完第一首。下次我们再接着讲第二首。

张惠言所写的是当时的知识分子他内心之中的矛盾、他内心之中的挣扎，他自己生活上的苦难与他学问上的修养这两者之中，怎么样在矛盾之间找出一条出路来。所以他第一首词写的是宇宙之间大的生命，你如何与这个大的生命融为一体。我们说天地与我并生，万物与我为一，那"花外春来路，芳草不曾遮"，那春天会永远存在你的心里，我们上次还举了苏东坡的诗"浮空眼缬散云霞，无数心花发桃李"。我还举了俞平伯的祖父俞樾，他的堂名叫"春在堂"，因为他曾写了"花落春犹在"一句诗，花尽管是落了，但春天还永远留在我的心里。这张惠言第一首所写的是他学道的一种修养，孔子在《论语》上也说："朝闻道，夕死可矣！"那个道有什么重要？为什么如果你真的在早上体悟到道，就是晚上死了都没有遗憾了？这个"道"又是个什么东西？你有没有真正得到对生命、对宇宙的体悟？这是他第一首所写的，可是几个人真正达到了见道和悟道的境界？因此第二首他接着写下来，难道你人生真的就果然没有痛苦？果然没有矛盾吗？当然是有的！所以他第二首就说：

> 百年复几许？慷慨一何多！子当为我击筑，我为子高歌。招手海边鸥鸟，看我胸中云梦，蒂芥近如何？楚越等闲耳，肝胆有风波。
>
> 生平事，天付与，且婆娑。几人尘外相视，一笑醉颜酡。看到浮云过了，又恐堂堂岁月，一掷去如梭。劝子且秉烛，为驻好春过。

这个"过"字在这里念平声，念 guō。在中国古代是很讲究破音字的；外国因为是拼音的字，当它词性不同的时候，它就加 ed 或 ing 来表示。如 learn English，learn 在这里是个动词，但如果说 English learning 就变成名词了，是学习英文这件事情。如果你说 He is a learned person. 就变成他是一个有学问的人，这又变成一个形容词了。所以它从动词变成形容词或者动名词的时候它是用加 ing 或者 ed 来表示，因为它们是拼音的文字。而中国不是拼音的，所以当中国字的词性有了变化的时候，就从读音上来变化。所以如"罪过"的"过"或是"记一大过"的"过"（guò）都是名词，读第四声。动词是"经过（guō）"应该念第一声平声的音。可是现在我们不大注意这一点，就像我看一部电视连续剧说康熙皇帝死了，雍正皇帝给他办丧事，穿的是丧服，行的是丧礼，应读第一声。结果全剧的人都读成第四声丧（sàng）事、丧（sàng）礼。其实婚"丧"嫁娶的丧应该念第一声，念第四声就变成了"丧失"的意思，是动词。这首词的最后一个字念guō，不是念guò，"为驻好春过（guō）"。

"百年复几许？慷慨一何多！"我们以前也讲过，中国的文化历史太悠久了，现在的年轻人之所以不能喜欢，不能欣赏中国的文学作品，因为他们什么都不知道，他们对于根源也都不懂了。这个本来是《古诗十九首》中有一首说"生年不满白，常怀千岁忧"，人生一世不过百年，人生百岁实在是很难得的。人生不满百，可是人生却有那么多烦恼那么多忧虑，真是"生年不满百，常怀千岁忧"。一般说起来我们个人的忧患、忧虑已经够多了，而中国儒家还有一个传统，范仲淹的《岳阳楼记》说："士当先天下之忧而忧，后天下之乐而乐。"你那个忧不只是忧你自己，还要心忧天下。我们说："士当以天下为己任。"有一年我在大陆讲学，有一个年轻人就说："为什么中国的诗歌作品读起来，其中常常有一种忧患、有一种悲哀？"这真是一个非常奇妙的特点。因为中国从古以来儒家的传统，你要从两方面来体认它，它有它可乐的一方面，孔子说："仁者不忧。"所以颜渊在陋巷人不堪其忧，回也不改其乐。我之所以讲这些，我开头就说了，我是要透过张惠言的这五首词，一方面我们要认识中国旧日的知识分子的文化特质，及他们人格的形成，还要透过他的词来看它的美学特质。中国真正见道的儒家修养可以分成两方面看：一方面他有"先天下之忧而忧"的忧虑；一方面对于自己则是"仰不愧于天，俯不怍于人"，"仁者不忧"，就是我对自己来说，我不为我自己个人的得失利害太做计较。颜渊身在陋巷，一箪食，一瓢饮，人不堪其忧，回也不改其乐。这又是为了什么缘故？中国古人还说，一般人应该有伊尹之志意，也有孔颜之乐处。中国古代的圣人据《孟子》所讲的，说圣人有很多种，伊尹是圣之任者也。他是以尽到了自己的责任为完美，我要救的是人民，谁要用我我就被谁所用。伊尹当年曾经五就汤，但也曾五就桀。汤是革命行仁义的，他曾五次到汤那里希望汤能用他；桀是暴虐无道的，他也曾五次到桀那里希望替桀改革朝政。所以他不在乎你是汤还是桀，我只在乎你是不是用我，我的目的是拯救人民于水火，我是为天下而忧劳，这就是伊尹的志意，伊尹的志意就是以天下为己任。可是伯夷叔齐呢？伯夷叔齐《孟子》说他们是圣之清者也。我要保持的是我的清白，只要你政治不是清明的我就不出来做官，就算是武王伐纣，虽然纣是那么暴虐，但是武王以臣伐君就是不义，为了保持我的清白，武王虽然英明但是我也不替他做事。所以这就要看你的理想志意是在哪里，有人是要保持自己品行的清白；有的人是不在乎你们怎么说我，我是为了百姓人民国家的。所以古人说，你有伊尹的志意，就是以天下为己任，可是同时也有孔颜的乐处。你的理想是被任用，就像杜甫说："穷年忧黎元，叹息肠内热。"但如果皇帝不肯任用你，你又怎么样呢？所以通达的时候你固然可以兼善天下，你穷的时候还是可以独善其身，这是中国儒家一体两面的修养。

　　所以中国旧时读书人所说的忧患，有自己不被任用，理想不能达到的悲哀和感慨；有天下、人民、国家，这种衰亡败乱的悲哀和感慨。为什么？中国的文人、中国的诗人、中国的词人他们要发出这样的感叹？为什么中国的作品里边充满了这样的感情？就因为中国的儒家有一个以天下为己任的理想。而当他以天下为己任的时候，当他有忧患的时候，他就在这种忧患的感情之中，使他的人格提升了，因为他是为天下而忧虑感慨的。所以你不要以为中国文人写忧患是叫人去悲观消极，其实不是，他们的心态正是："天将降大任于斯人也，必先苦其心志，劳其筋骨，饿其体肤，空乏其身，行拂乱其所为，所以动心忍性，增益其所不能。"中国人的忧患是完成其人格提升的一个阶段；可是这个忧患是有的。所以我刚才引了《古诗十九首》"生年不满百"，你还"常怀千岁忧"。儒家也说，我们要为往圣继绝学，为万世开太平。我们要为往圣继续他已经将要断绝的学问，我们还要希望我们为千年万世以后开启一个太平的世界，这真是"生年不满百，常怀千岁忧"。所以他说："百年复几许？"人生一世不过百年，人生是很短的，可是为什么我们这些读书人，这些以天下为己任的人还常怀千岁忧？真是"百年复几许？慷慨一何多"！慷慨不只是悲哀，慷慨有一种感发激动的意思。慷慨不是只是为自己的不幸事情悲哀流泪，慷慨是对世界上很多不平的现象，内心所发出的激愤跟感慨。"百年复几许？慷慨一何多"！我们对于这个时代、这个世界看到那么多罪恶、那么多不平，在我们的内心充满了慷慨的时候又怎么样？张惠言就对他的学生说："子当为我击筑，我为子高歌"，我们两个人，老师和学生，我们有共同的理想、共同的感慨。可是你要为我"击"，就是演奏，"筑"，是一种乐器。他说你应该为我奏一段筑的音乐，那我就为你高声地来唱歌。你如果要问杨子掞会演奏筑这种乐器吗？这就是一种很执着的问法了。他用的又是一个典故，这个典故出于《史记·荆轲列传》，荆轲这个勇士当年不被任用，心中有无限的悲愤感慨。后来他遇到燕太子丹，燕太子丹才叫他去刺秦王。当年荆轲尚未被人赏识时，他与燕国的市集中的一个屠狗者并且善击筑的人叫高渐离的相交往，这些市井中人虽然身份很卑微，但也是有理想有志意的。因此他们惺惺相惜一同饮酒，荆轲高歌，高渐离击筑旁若无人。这表示什么呢？这就是一种知音，知音不见得就是懂得音乐，知音是二人互相了解，有共同的理想，共同的情趣。我们两个人都不被人任用，我们有共同的相知之情，我们还有共同的不遇之感，你是不遇的，我也是不遇的，所以你就击筑，我就唱歌。现在张惠言也就对他的学生说，我们有共同的相知之情，有共同的不遇之感，我们有共同对于人世的这种感慨——"百年复几许？慷慨一何多"！要怎么样才能消解我们的这种感慨？"子当为我击筑，我为子高歌"，而这高歌又能达到什么样的境界呢？

"招手海边鸥鸟，看我胸中云梦，蒂芥近如何？"这又是一个典故。这个海边鸥鸟的典故是出于《列子》。《列子》说有一个人住在海边上，他每天都坐着船出海，因为他没有争竞之心，因此天上的海鸥鸟都飞下来跟他一同嬉戏。有一天，他的父亲就跟他说，我知道你每天出海，天上的鸥鸟都飞下来跟你一同嬉戏，今天你出海去帮我抓两只鸥鸟回来。这个人就出海到海上去，准备抓几只海鸥给他的父亲，谁知道鸥鸟只盘旋在天空，不肯再降落下来了。鸥鸟知道他要抓它们因此都不肯落下来，因为这个人有了机心。机心就是算计人的心，人我、彼此利害的计较、争权夺利的竞争，就是算计的心。他算计要把海鸥抓住，但海鸥虽然是动物它有一种敏感，因此在天上盘旋再也不飞下来。现在张惠言说"招手海边鸥鸟"，我招手叫海上的鸥鸟，这表示什么？我能够叫鸥鸟下来，因为我没有机心。这个典故也是人常用的，苏东坡曾写过一首《八声甘州》："有情风、万里卷潮来，无情送潮归……谁似东坡老，白首忘机。"因为苏东坡所生的那个时代正是宋朝神宗、哲宗变法新旧党争的时代，彼此互相攻击，彼此互相迫害。苏东坡在新党受到迫害，在旧党也受到迫害。他说，其实我并没有和你们竞争的意思，我只是为了国家人民的利益，我并没有要跟你们争权夺利。你们谁像我这个东坡老人，我现在是满头的白发，但是我没有算计利害得失的心，"谁似东坡老，白首忘机"。所以现在张惠言就对他的学生说，虽然人世间有这么多可感慨的事情，"百年复几许？慷慨一何多！"我们内心之中有这么多的激昂感慨，所以"子当为我击筑，我为子高歌"，我们要"招手海边鸥鸟"，我们要把一己的得失利害全然忘掉。

"看我胸中云梦，蒂芥近如何"，这又是一个典故，你们一定要懂这些东西你才能体会它的好处。"胸中云梦"这个典故是出于汉朝作赋作得很好的司马相如的《子虚赋》。《子虚赋》是一篇幻想讽刺的文章，它说有一个人叫子虚先生，还有一个人叫乌有先生。乌有先生也是没有的意思，还有一个叫无是公，也是没有这个人的意思，所以这都是编出来的。他写的是一些什么呢？就是写的这些人互相夸口吹牛。子虚先生是楚国人，他说他到了齐国，齐国的国王就招待他，子虚先生就说，我们的楚国山怎么样好，水又怎么样好，物产又怎么丰富。他又夸口说我们楚国有一个很大的湖泊就是云梦泽，方圆有九百里，有多大多大……乌有先生就说，我们齐国的国君招待你是礼貌，你这样夸口是不对的，你知道我们齐国是靠近海的，你知道海有多大？我们齐国的气象可以吞没你们的云梦泽八九个，而就像吞下芥子这么小的东西在胸中一样。蒂、芥子，都是很小的植物的种子，只有针尖那么一点大。你们的云梦泽就算有八九个大，我们齐国吞下在胸中比一个芥子还小。这句话后来的人就引用来象喻气象胸襟的博大，像云梦大泽，我胸中都可以容纳，在我胸中连一个小刺子都没有。无蒂芥就是没有蒂芥在胸中，这说的是中国儒家道家各方面修养品格的博大。所以现在张惠言说："子当为我击筑，我为子高歌。招手海边鸥鸟，看我胸中云梦，蒂芥近如何？"我们虽然有"百年复几许？慷慨一何多"的慷慨，但是我们也有超脱的襟怀，"看我胸中云梦"。我的胸襟现在还有蒂芥吗？现在还想不开吗？还为了一点小事都放不掉吗？

"楚越等闲耳，肝胆有风波"，这又是《庄子》里《德充符》这篇文章里的典故。这篇文章里说，如果你的内心里有德充于内，那你就能役物于外。你心里面有这样的品德修养，那你和万物交接的时候，你自然就把你的品德修养发挥出来，而内外是相合的。《庄子》在这一篇文章又说"自其异者而观之"，你如果从人的差别、你我利害的很多分别计较上来看，就是你自己体内相连的肝胆，都是不一样，都是有距离的。可是如果你从万物的同者来看，"自其同者而观之，万物与我为一，天地与我并生"，就像是楚国和越国距离那么远，也好像是差不多没有间隔。你们要知道像古人苏东坡之类的，他的胸襟之所以这样开阔博大，这样旷达；你们要学习的话，我以为可从两处入手，一个就是旷观，另一个就是史观。旷观就是旷达，自其同者而观之，万物与我为一，你一切要看开，不要常常在人我利害之间打转，若自其同者而观之，则虽远如楚越也不觉得远。还有就是史观，不要把一切的忧愁苦难都放在你一个人身上，你要从古往今来历史上的整体来看。人世之间的兴亡，人世之间的成败，真是"人有悲欢离合，月有阴晴圆缺，此事古难全"。所有的兴亡成败、离合悲欢不是你一个人才有的，如果你有这种旷观、这种史观，你就不会局限在这种小我的计较和悲哀之中。所以他说"楚越等闲耳，肝胆有风波"，他是用了《庄子》的那个典故。楚国和越国本来是两个不同的国家，但在我看起来却差不多。"等闲"，就是差不多，没有很大的不同，这是从它相同的地方来说。可是你要从它相异的地方来看，你一点小事也斤斤计较，那么就算肝胆之间这么密切的关系也会有风波、也会有斗争发生的。所以儒家的理想有《礼运·大同篇》，就是国父孙中山先生也是提倡"大同"的，所以我们应该有这样的包容才对。

"生平事，天付与，且婆娑"，也有人指出中国人一切都很认命，这是一种很消极的思想，你自己不去努力，你自己不去竞争，那么他就对他的学生说，我们现在不能够实践我们的理想，生平事有上天注定，那么这是不是消极呢？这个话又很难说，所以中国的道理因为它很难讲，只要稍微差一点点就变成阿Q了，这真是很难把握的一点。孔老夫子说："三十而立，四十而不惑，五十而知天命。"什么叫"知天命"？这不是说那我就不努力，反正我什么都认命，我该活的话就饿不死，该饿死的话我也活不了，知天命不是这样的意思。知天命是说有一天你自己认识到你自己的能力，你的人格，你的奋进，有所为，有所不为，你认识到那一点就是"生平事，天付与"，我知道我能够做什么，我也知道我不能够做什么。孔子说我不是不愿意富贵，"富而可求，虽执鞭之士吾亦为之"，"不义而富且贵，于我如浮云"。所以"生平事，天付与"，人要有这样的一个认识，那就"且婆娑"。所以我们就不要管我们有没有得到，可是我们还是要尽人力才能听天命。人生不在于你得到多少，而是在乎你做了多少。重要的是你有没有尽到你自己的能力，不要老是去跟别人比，只要你是尽了你的努力、你的责任、你问心无愧，那就"且婆娑"，把那些悲哀感慨都忘记。"婆娑"，是逍遥自在从容不迫的样子。我们如果达到这个境界，有这样的修养，我们就可以忘怀这样的悲愤，这样的感慨了。那我们就："几人尘外相视，一笑醉颜酡"，世界上有几个人能达到我们这样的境界？孔子曾经赞美颜回与他自己："用之则行，舍之则藏，唯我与尔有是夫。"他说，如果这个世界或朝廷有人能够用我们，我们有我们的理想，有我们的能力，"用之则行"；如果现在我们没有能够得到机会，没有人用我们，我们也能够"舍之则藏"，就是在陋巷我们也能够不改其乐。孔子说谁能够做到这一点呢？"唯我与尔"，只有我和你颜回，"有是夫"，有这样的修养罢了！可见孔子门徒七十二贤人里能够做到这个境界的也不多。所以孔子对颜回说，只有我和你能做到吧！古人是说只要你尽了你的责任和本分，你内心之中有自己的充实，别人不知道你的才能，你不要因此而不高兴、而烦恼，这就是人不知而不愠，要能有这个修养就可以了。但几个人能到这样的境界？"几人尘外相视"？几个人真的能够超出尘世之间这种争名夺利、尔虞我诈的竞争？如果能超出尘世之外，我们彼此可以相视一笑莫逆于心。我们有一种共同的修养，有一种共同的境界，有一种相知的契合。有几个人能达到你我的这种境界？"一笑醉颜酡"，我们大家共同来喝一杯酒，大家开颜一笑，我们都喝得醺然微醉，把那些烦恼、把那些忧患、把那些慷慨都忘了，就达到了这样一种境界，这当然是很好了。我们就说"几人尘外相视，一笑醉颜酡"。

"看到浮云过了，又恐堂堂岁月，一掷去如梭"，中国文化真是难以一言道尽，所以我说，透过他的这几首词看看我们中国知识分子的文化特质，和他们品格修养的特质。他说"看到浮云过了"，这一方面是代表光阴的转变，光阴的消逝。像辛稼轩有一首词说："万事云烟忽过。"辛稼轩说，我现在都看开了，我觉得万事得失利害就好像一片云烟飘过一样，万事都如云烟过眼。我们"看到浮云过了"，我们把一切的万事看到如同云烟过眼。好，现在又有读书人的矛盾，我们说，我们烦恼、我们忧愁，这些我们先都放下不说了，我们现在且喝一杯酒那有多么快乐，这不是很好，一切都当云烟过眼。"又恐堂堂岁月，一掷去如梭"，你怎么去完成你自己，我可以不去计较得失，不去计较利害，不计较祸福，但是你完成了自己没有？"又恐堂堂岁月"，"堂堂"，有的时候是说堂堂正正光明伟大的意思，而在这里是说光阴的消逝，它是这么公然地就消逝了，堂堂皇皇地消逝了。我们现在可以什么都不在乎，就在一起喝一杯酒好了，可是又恐怕那个堂堂地一去不返的，留不住的岁月"一掷去如梭"，你把它白白地抛弃，消磨掉了，时间就是生命，你为什么要把你的生命消磨掉？"又恐堂堂岁月，一掷去如梭"！

"劝子且秉烛，为驻好春过"，我要劝你，你还是应该努力的。这里他又回到《古诗十九首》，刚才我们讲过《古诗十九首》的"生年不满百，常怀千岁忧"，后面接下来又说"昼短苦夜长，何不秉烛游"，白天是这么短，夜是那么长，你为什么不在夜里手里拿根蜡烛继续你的游赏呢？这是古人说的，你要及时行乐。白天行乐还不够，你晚上还要继续行乐。现在张惠言用这两句，他是说劝君且秉烛，我是劝你。我们不是说了吗？"堂堂岁月，一掷去如梭"，你们要知道中国人用典有正用的，有反用的，有引申而用的。《古诗十九首》里面，是说"何不秉烛游"，你白天游赏不够，晚上还要游赏。他表面上是用《古诗十九首》的"劝子且秉烛"，光阴是留不住的，你要掌握这个光阴，你不要把光阴白白地放过。你不但不能把你白天的光阴放过，连晚上的光阴你也不应该放过的。这是"劝子且秉烛，为驻好春过"。你秉烛夜游那是秉烛，但是如果你秉烛夜读呢？总而言之光阴是不该浪费的，你浪费了光阴就是浪费生命，你不能让光阴就这样空空白白地过去。所以他说"劝子且秉烛"，你不但要珍惜白天的光阴，他这里的"秉烛"不是"秉烛夜游"而是珍惜。你不但要珍惜白天的时光，你还要珍惜夜晚的时光，你要掌握时光"为驻好春过"。你现在还这么年轻，这是你人生里的春天。这么美好的春天，春天正从你身上经过；你应该珍惜，你应该把你这样美好的像是春天的生命，留下一些东西在这个世界上。"劝子且秉烛，为驻好春过"，这是张惠言写给他学生共同勉励的，写得很不错，我们接着看第三首。

　　疏帘卷春晓，蝴蝶忽飞来。游丝飞絮无绪，乱点碧云钗。肠断江南春思，黏着天涯残梦，剩有首重回。银蒜且深押，疏影任徘徊。
　　罗帷卷，明月入，似人开。一尊属月起舞，流影入谁怀？迎得一钩月到，送得三更月去，莺燕不相猜。但莫凭栏久，重露湿苍苔。

我们上次举了朱熹的两句诗做对比，本来诗里头写人的品格修养的就不多，而能把它写得这么美，而又这么有诗意，又不变成教条似的说教是很难得的。朱熹的那一首"半亩方塘一鉴开"说得太实、太清楚了。好！现在我们就来看张惠言的词。

"疏帘卷春晓，蝴蝶忽飞来"，我们刚才说朱熹那两句道理也不错，可是他说得太明白了。而张惠言说得很好，这就是词的一种特质"兴于微言"，就是它引起你一种兴发感动，而它是从最细致的、最不重要的、最精微的语言之中表达出来的。这第三首写得很好，"疏帘卷春晓，蝴蝶忽飞来"，这跟第一首说的"东风无一事，妆出万重花"颇为近似。这是说有一天你把那个帘子在春天的早晨打开了，你打开了吗？词是很奇妙的，它是个境界，不只是个意思。你说，我只是打开帘子吗？不是。他用这个帘子在春天的早晨打开是比喻人生的境界。如果你开眼向世界，如果你真的是天地与我并生，万物与我为一，你就会觉得宇宙的生命与你打通成了一气，如果你真的在春天那么美好的早晨，把你一直闭锁的帘子打开了，你就会发现天地、宇宙是有一些美好的东西。

"蝴蝶"那么美丽的，"飞"那么带着有生命力的，"蝴蝶忽飞来"。"游丝飞絮无绪，乱点碧云钗"，春天来了当然是有蝴蝶的，当春天的时候空中会有像蜘蛛丝那样的游丝，我想那是一些昆虫的分泌物，它们不一定是蜘蛛，也可能是其他昆虫的分泌物。"飞絮"，是春天的时候柳树开的花，但柳树的花它不像是樱花，樱花虽然开的时间也不是很长，只有一两个星期，可是柳树的花，它只要一开就马上被风吹走了。王国维写过两句词说："开时不与人看，如何一霎蒙蒙坠。"你看过柳树开了满树的花吗？当然不会有。柳树上的杨花只要一放开的时候马上就被风吹走了，所以王国维说柳树的花你没有机会看见它开，它只要刚开的那一刹那就蒙蒙地飘落了。当我年轻的时候我先生被关进了监狱，我带着吃奶的孩子也一起被关了进去，我常常想到自己就像王国维这两句词写的"开时不与人看，如何一霎蒙蒙坠"。柳树就是这样子的，那就是飞絮。而当柳絮蒙蒙乱飞的时候，那时节就接近暮春了。

以前我引过李商隐的《燕台》诗，他说："风光冉冉东西陌，几日娇魂寻不得。蜜房羽客类芳心，冶叶倡条遍相识。"后面他还说："暖霭辉迟桃树西，高鬟立共桃鬟齐。雄龙雌凤杳何许？絮乱丝繁天亦迷。"这首诗李商隐写得很好。他说世界上不应该有美好的东西吗？应该有的。有凤凰、有飞龙，有龙也有凤，而且应该是圆满的，你应该找到你自己理想的配合。所以有雄的龙，有雌的凤。他说，我现在所见到的，既没有龙，也没有凤，天下那些美好的东西，那些可达到人生最完满境界的东西，是那么遥远，在什么地方呢？我要去找它。"絮乱丝繁天亦迷"，那么蒙蒙的柳絮，那么撩乱的游丝，不用说，人面对这样的景色会感到一种迷惘，你不知道怎么办才好。他说这种絮乱丝繁，天若有情，天都会感到迷惘的。

还有晏殊的词："春风不解禁杨花，蒙蒙乱扑行人面。"他说春风为什么不懂得管住杨花，让它蒙蒙地乱飞，打到我们行人的脸上。因为这种撩乱的游丝飞絮使人迷惘，使人不知道该怎么办才好。

"疏帘卷春晓，蝴蝶忽飞来。游丝飞絮无绪"，"无绪"，就是你不知道它有什么意思。它为什么？它为什么要撩动你？游丝和飞絮为什么要打动你的心灵和感情？为什么要让你感觉到迷惘？"无绪"，它是无意之间如此的，它不是有意要如此的。

"游丝飞絮无绪，乱点碧云钗"，这游丝飞絮，"点"，我们可

218

以说是点缀，点缀也可以说是沾惹。因为游丝飞絮它飞得到处都是，它会沾到你的衣服上、头发上。所以他说："疏帘卷春晓，蝴蝶忽飞来。游丝飞絮无绪……"它就沾到一个女孩子头发的簪钗上面，这个钗他管它叫作"碧云钗"。唐诗里有一句"春来新插翠云钗"，而张惠言叫它作"碧云钗"。不管"翠云"或"碧云"，总而言之是一种碧绿翠玉的头钗。而"游丝飞絮无绪，乱点碧云钗"，它飞在你的头钗上与你何干？

晚唐韦庄有一首词，它的牌调叫《思帝乡》。他说："春日游，杏花吹满头。陌上谁家年少，足风流？妾拟将身嫁与，一生休，纵被无情弃，不能休！"这写一个女孩子春日去出游，春天的杏花吹满头。他写的是什么？他写的是春意，是那个春色对人的撩动。这个撩动的力量很强，你不只是远远地看到它花开、花飞。春日游，杏花吹，吹到哪里？杏花吹"满"头，它吹到你的头上。欧阳修写过《丰乐亭游春》的诗，他说："晴云淡淡日辉辉，草惹行襟絮拂衣。"天上蓝天里飘着白云，而太阳这么亮。我走到草地上，这些草就沾惹到我的衣襟，那个柳絮呢？它就飘到我的衣服上。所以他说："晴云淡淡日辉辉，草惹行襟絮拂衣。"是春天对人的感发和撩动。李后主还写过一首词，他说："多谢长条似相识，强垂烟穗拂人头。"我非常感谢你这柳树的长条还认识我，他上面还有两句"风情渐老见春羞，到处芳魂感旧游"。李后主年岁大了，他说我少年时候的风情已不再，我已逐渐老去，我再看到春天的来临，我觉得是可羞报的，因为我已经衰老了，"风情渐老见春羞"。但我的身体、面貌虽然已经衰老了，可是我的心没有老，所以"到处芳魂感旧游"。我看到春花的开，看到"芳魂"，就是春天那美丽的精神、那美好的生命，就想到我旧日游春的快乐。这个时候谁还认得旧日当时年轻的我？就只有那柳树的长条，它还"强垂烟穗"，在烟霭迷蒙之中尚未开花的柳穗，飘拂在我的头上。这些写的都是春天的感发，这很难用言语解释。作品中表现出感动的力量，你一定要知道这些感动的力量后，你才能体会出他词的好处。

"疏帘卷春晓，蝴蝶忽飞来。游丝飞絮无绪，乱点碧云钗"，这是春天给我们的撩动，给我们的撩动是什么？春天是你感情觉醒的时候，你一切的志意，你一切的愿望，你一切的感情，都随着春天的撩动而觉醒。所以他后面就说了，你真的能够把人生的忧患，把我们的理想都给忘记？没有！春天来的时候我那一切心所向往的都又回到心头来了。

"肠断江南春思，黏着天涯残梦，剩有首重回"，那些浪漫多情的春思，那么多情浪漫的江南，当春天的游丝飞絮飘在我头上的时候，我就想到我当年那么多的江南春思，现在只落得肠断，什么都没有完成。"肠断江南春思"，我的那一份感情就随着那游丝飞絮飘散到天涯。带着我残留的那一点梦想，去黏住，这是相接着游丝飞絮来说的。就好像游丝飞絮它一直飘到天涯，黏在辽远的天涯，这是我的"天涯残梦"。我现在什么都没得到，我所剩下来的，就是我回首我当年的志意、我当年的理想，"剩有首重回"，所以他下面就说"银蒜且深押，疏影任徘徊"。你看，这是写他内心之中的多少转折？多少矛盾？开头是打开帘子，"疏帘卷春晓"说有这么多的撩动，可是这么多的撩动我都落空了，我什么都没有，只剩有"天涯残梦，剩有首重回"，现在我只好把帘子放下来了。

"银蒜且深押"，"银蒜"，是什么呢？银蒜就是帘押，当帘子垂下来的时候会飘来飘去，你要用重一点的东西把它押住，这就叫帘押。"蒜"，就是帘押的形状。词里开头他是说把帘子打开，现在再说把帘子垂下来而且是用银做的帘押，银是有重量的。我深深地垂下帘子，而且用帘押把它押住。我外边所追求的没有得到，所以我把帘子放下来了，我要跟外边隔绝了。

"疏影任徘徊"，帘子上不是有很多花影吗？我把帘子垂下来，我不出去，我跟你们外界让我失望的东西断绝了。任凭你们的影子在我的帘子上舞动，我再也不心动，再也不出去了。"银蒜且深押"说得很好，任凭你们那些花的影子，就算"云破月来花弄影"，你们在我的帘子上舞弄你们的影子，我不再为你们而动心介意了。"银蒜且深押，疏影任徘徊"。他的词真是反复零乱，他不是说帘子是白天打开吗？现在又放下来了。但是我跟你们外界真的能永远断绝吗？人非草木，孰能无情？你说你真的就完全能断绝了吗？你怎能做到？你白天把帘子放下来了，到了晚上"罗帏卷，明月入，似人开"，这反复零乱说出内心的矛盾。当晚上的时候我又把那丝罗的帏幔卷了起来，一轮明月的清光照射进来了，就像有个人把天幕打开让月亮进来一样。这首词的好处就在这里，前面蝴蝶飞来的撩动，现在又是月光投射光影撩乱的感动。"罗帏卷，明月入"，我看到月亮真是为月光而动情，月光又撩拨了我所有的感情和理想。

"一尊属月起舞"，我拿起一杯酒，"属月"，就是向月亮敬酒，请月亮喝酒，我伴随着月光一起舞动。他这里用的是李太白的《月下独酌》："花间一壶酒，独酌无相亲。举杯邀明月，对影成三人。月既不解饮，影徒随我身……"李太白也是在他的孤独寂寞之中挣扎，他说我在花间有一壶酒，有花、有酒，可是就是没有一个人跟我共同来喝这杯酒，因此我只好邀请月亮和我喝酒。有月亮，有我，还有月亮照在我身上拉长的影子，因此就成了三个人。这是李太白在孤独寂寞无可奈何之中的排解，我是一个人，但是现在有我，有月亮，还有我自己的影子。所以张惠言现在也说"一尊属月起舞"。李太白也曾对月起舞，他说："我歌月徘徊，我舞影零乱……"我唱歌的时候，天上的月亮好像也随着我徘徊舞动，我起舞的时候，那些影子也都重叠交错。张惠言说，我也有一杯酒，我也向月亮敬酒，我也要对月起舞，人对月亮光影的撩拨是无可奈何的。李太白也是孤独寂寞，虽然他外面写得是那么飞扬神采，他说他要举杯邀明月，但是月亮也不懂得喝酒，影子又不会跟我说话。所以张惠言说"一尊属月起舞"，徒然有这么美好的月亮，有这么美丽的光影，月光如水般溶溶倾泻，你要把你的光影投到谁的怀抱？谁来接受你？他说："一尊属月起舞，流影入谁怀？"有谁欣赏你呢？有谁知道你？有谁理解你？你把你的影子投到谁的怀抱里呢？这一段写得非常动人，在你最孤独寂寞的时候。

"迎得一钩月到，送得三更月去，莺燕不相猜"，张惠言在这里把他想象的形象跟他内心的境界配合得很好。从月亮的初升写起，那一钩新月从东天上升起，你对月饮酒、起舞，到三更天以后月亮落了下去，你和月亮这一段相知的感情，月亮给你的这一份慰解——"迎得一钩月到，送得三更月去，莺燕不相猜"。我跟月亮之间有这样的一种了解，就像李太白说的"永结无情游，相期邈云汉"，我跟那无情的月亮结了一个永久的交游。我的朋友就是天上的月亮，你们人间争奇斗艳、万紫千红的那些莺莺燕燕不要对我猜疑。我的理想，我的朋友在天上，是天上一轮光明皎洁的月亮，你们这些人间的莺燕不必猜忌我，怀疑我。

"但莫凭栏久，重露湿苍苔"，这后面结尾他说，你是靠在栏干上，你是可以看到天上的月亮，但是你不要靠在杆干边太久，因为夜已经很深了，那些沉重的露水都已降下来，把苍苔都打湿了。李太白有一首《玉阶怨》说："玉阶生白露，夜久侵罗袜。却下水晶帘，玲珑望秋月。"这也是在孤独之中，也是在苦闷之中。"但莫凭栏久，重露湿苍苔"，张惠言这里写得真是妙，若再独自倚栏，徒将换得一身凄冷浓冽的露水。

我们讲张惠言的《水调歌头》五首，已经讲了前面的三首了。我们知道张惠言的这五首《水调歌头》是写给他的学生——"春日赋示杨生子掞"的作品。根据张惠言自己文集里边的记载，杨子掞这个人是可以跟他一起言道的学生。"道"，就是中国所说的修养或真理。孔子说："朝闻道，夕死可矣！"这个"道"是大家所追求的。道家说"道"，儒家也说"道"，基督教也说"道"，佛家也说"道"。"道"是人生一种最高的哲理。张惠言认为杨子掞是可以一起言道的人，杨子揆也是在追求儒家的最高修养。可是他有时候软弱，有时候矛盾。所以张惠言写了这五首词跟他的学生共同反省，共同勉励。所以这中间有很多感情是重复的，看起来好像是矛盾的，而这正是他感情本来的性质就是如此的。

我们已经讲了前面的三首了，我们看见他一方面有以天地为心之志，天地与我并生，万物与我为一。他说："花外春来路，芳草不曾遮。"你如果真是能体会天地的春心，那么春天就不会走了，春天就会留在你的心里边。我们上次讲过俞平伯的祖父曾写过一句诗"花落春犹在"，花虽落了，但春天还是长在的，所以他把他的书斋叫作"春在堂"。

第二首的结尾是"劝子且秉烛，为驻好春过"，虽然人生是短促的、很令人感慨的、有很多忧苦患难的事情，但是你仍然要珍重你的时光，珍重你的岁月，不要白白地浪费这短暂又美丽的人生。

第三首我们讲了"但莫凭栏久，重露湿苍苔"。上次我们讲到这里时间已经到了，我就没有再发挥下去，就结束了。"但莫凭栏久，重露湿苍苔"有多重的意思。我曾经说过诗跟词是不同的，因为诗是显意识的，我要说什么我就清清楚楚地知道我要说什么。词呢？它表现的不是一个具体的情意，而是一种感情的境界，感情的一种状况。王国维后来管它叫"境界"，这是很难说的，不是可以具体说明的。黑是黑，白是白，一是一，二是二，它不是，它有时候是很不容易说清楚的。

"重露湿苍苔"，在中国文学的传统上可以给我们几个联想。

一个联想是李白的《玉阶怨》。他说："玉阶生白露，夜久侵罗袜。
却下水晶帘，玲珑望秋月。"李白的《玉阶怨》他要写的是什么？
你要知道他的题目有一个"怨"字，而这个怨写的是什么怨？中
国古代诗人最常写的怨，一个是闺怨，另一个就是宫怨，都是女
子的怨情。闺怨是说女子的丈夫日久不归，如"闺中少妇不知愁，
春日凝妆上翠楼。忽见陌头杨柳色，悔叫夫婿觅封侯"。而宫怨
呢？就像白居易《长恨歌》所说的"后宫佳丽三千人，三千宠爱
在一身"。如果后宫有三千个美丽的女子，而皇帝每天只宠幸一个
女子，那剩下的二千九百九十九个女子就都在怨情之中了。所以
怨情所写的就是在孤独寂寞之中失去了爱情的女子。我以前也曾
经说过，像《花间集》的那些小词写的大都是美女跟爱情，为什
么会给人很多很多的联想呢？就因为他们所写的常常是一些孤独
寂寞的女子，而叙写孤独寂寞失落了爱情的女子，在东方或西方
的诗歌中都有一个这样的传统。在芝加哥有一个教授叫 Lawrence
Lipking，他写过一本书叫 Abandoned Women，就是《被遗弃的女
子》。被遗弃的女子不一定是结婚了才被抛弃，这只是说这是一群
失去了爱情的女子。他后面还有一个副标题"诗歌的传统"（The
Poetic Tradition），而他是西方人，他也懂一些中国的文学，所以
他说，无论东方或西方都有一个写孤独寂寞的女子这样一个传统，
而这些作者反而常常都是男性。就因为男子在他的日常生活中，
他所追求的功名事业有很多不能成功的地方，或者国君不要他，
朝廷把他贬出去了，所以用怨妇这样的喻托。

　　李白写的怨，是宫怨。"玉阶生白露"，他是写已是深夜了，

这个女子还没有回去睡觉，她是站在台阶的上边，而台阶上因为夜深已降下了露水。玉阶"生"白露，这个"生"字是动词，你如果说玉阶"有"白露，这是很笨的说法；而李白是说玉阶"生"白露，"生"是说露水不断地增加了。而这个"生"字是要跟下边这个"夜久"连起来看的，玉阶上的露水愈来愈浓了，所以露水就打湿了这个女子所穿的那双很薄的丝罗的袜子。

"玉阶生白露，夜久侵罗袜"，"玉"，是洁白的、晶莹的。"白露"的"白"，也是洁白的、晶莹的。而露是寒冷的，所以她是在一种光明、洁白、晶莹之中的寒冷、孤独、寂寞的感觉。那么这个女子为什么在这么寒冷的夜晚，袜子都被打湿了，她还站在台阶上呢？这又要岔开讲到中国词的妙处，在张惠言的词学理论中他曾说："兴于微言，以相感动。"用那微妙的语汇，它给我们很多很多的联想。

清朝有一位诗人他的名字叫作黄仲则，他的诗词都写得很好，但是很年轻，不到四十岁就去世了。他曾经写过两句诗："如此星辰非昨夜，为谁风露立中宵？"你为什么不回去睡觉？你为什么站在台阶上？要讲中国的诗是相当难的，因为你每牵动一个词，它就有一串的历史背景。这个"星辰昨夜"就有一个背景，它是李商隐的诗："昨夜星辰昨夜风，画楼西畔桂堂东。身无彩凤双飞翼，心有灵犀一点通。"他所描述的是一个男子与一个女子幽会，在画楼西畔桂堂东。这是当年的一段感情，当年的一段爱情，当年一段美好的回忆。黄仲则是说，那个感情、那个爱情我失落了。天上的星辰跟当年一样，可是不是我在画楼西畔桂堂东，跟我所爱的人在一起的那个时节了。这"如此星辰非昨夜",这爱情虽然失落了,但我还在怀念,还在追忆,所以在这寒冷的深夜里,我还站在院子里,这又是为了谁呢?"如此星辰非昨夜,为谁风露立中宵",所以他是表示一种期待,一种追求,一种向往。现在我们如果从这一点讲,张惠言跟他的学生说:"但莫凭栏久,重露湿苍苔。"你不要把你的期待,把你的感情,把你的追求都寄托在别人的身上,都寄托在外面;你不要凭栏久,因为浓重的露水已经打湿了苍苔。

中国的文学传统这么长久,像是陶渊明的《归园田居》诗里也曾说:"道狭草木长,夕露沾我衣。衣沾不足惜,但使愿无违。"陶渊明归隐后种田,他说,那田间的小路很窄,旁边的草木长得很高大,他晚上才回来,那时候草木上已积聚了很多露水,把我的衣裳都打湿了。他说我衣服被打湿了不足惜,只要我的愿望能实现,不被违背,我愿意付上我衣服被沾湿的代价。

还有近人缪钺老先生有一首诗也用到"露沾衣",他说"早行应惜露沾衣",这三个字用的是《诗经·行露》的意思,它有另外一个意思,就是说你沾污了你自己,你把你自己玷污了。他把这"露沾衣"作了另外一个解释,说你不要把你的衣服沾湿。所以这个"露沾衣"有很多重的解释,一方面可以表示你孤独寂寞的怨情,一方面可以表示你为了追求一个理想所付出去的代价。李白所写的是追求的怨情;陶渊明所写的是追求所付上的代价;而这个代价在缪钺的诗里边是暗示一种玷污,就是外在的东西把你给玷污了。所以张惠言的这两句词"但莫凭栏久",你不要靠在栏干上太久，因为外面的露水已经打湿了苍苔。这是说一个人，你追求你的功名，追求你的事业；你当然可以追求，因为儒家的理想就是"修身、齐家、治国、平天下"。可是你不要真的只为了你一心向外追求的缘故，而把你自己沾湿了，把你自己玷污了，所以这两句也有这样可能性的涵义。

好，我们现在来看第四首。张惠言跟他的学生杨子掞所考虑的是人生的很多问题，人生很重大的课题之一在儒家士人来说就是"仕与隐"之间的抉择。你是出去做官呢？还是隐居在家里？而除了这个之外，我们人类所共同想到的一个问题就是"无常"。人生是有限的，"百年复几许？慷慨一何多"。李后主的词说："春花秋月何时了？往事知多少，小楼昨夜又东风，故国不堪回首月明中。雕栏玉砌应犹在，只是朱颜改，问君能有几多愁，恰似一江春水向东流！"他还有一首词："林花谢了春红，太匆匆，无奈朝来寒雨晚来风。胭脂泪，留人醉，几时重？自是人生长恨水长东！"人类年命的无常，你的年寿，你没有能力把握，那是很短暂的。人类的命运也是不可预测的，李后主本来贵为一国之君，怎么后来又变成宋朝的阶下之囚呢？这是年命的无常，人生的短暂，光阴的消逝，这也是人类常常思考的一个问题，那终究我们人生的意义在哪里？

所以他这第四首说：

今日非昨日，明日复何如？揭来真悔何事，不读十年书。为问东风吹老，几度枫江兰径，千里转平芜。寂寞斜阳外,渺渺正愁予!

　　千古意,君知否?只斯须。名山料理身后,也算古人愚。一夜庭前绿遍,三月雨中红透,天地入吾庐。容易众芳歇,莫听子规呼。

　　"今日非昨日,明日复何如?"李太白说的"弃我去者昨日之日不可留,乱我心者今日之日多烦忧",我们若回想当我们少年青春正茂的时候,充满了理想的生活经历的时候,我们真是"今日非昨日",我们现在已经不是当年的我们了,"明日复何如?"可是今天是不能留住的。李太白还有一首诗"前水非后水,古今相续流",从古到今的时光就像水一样地流过去;苏轼说"浪淘尽千古风流人物";连孔子也不免慨叹,子在川上曰:"逝者如斯夫,不舍昼夜。"人年命的无常,光阴的不停留,这是人生共同的悲哀。"逝者如斯,不舍昼夜",它白天不停止地流,晚上也不会停止的。所以学道的人,你要怎样在这无常之中找到你自己?他说"今日非昨日,明日复何如",你要怎样找到自己生命要完成的使命?他说:"曷来真悔何事,不读十年书",光阴是不停留的,你把你的光阴用到什么上面去了?"曷来",有两个意思。一个就是去来的意思;一个就是尔来的意思。尔来,也就是近来的意思。在这里应该是尔来、近来的意思。他说,我近来真是后悔,为什么不好好地读它十年的书?我每天空虚地悲慨,我追求的没有得到,我的理想都落空了,这光阴就在空虚悲慨之中消逝了!这个其实是很多诗人、很多词人都考虑到的问题。晏殊有一首小词,他说:

"满目山河空念远，落花风雨更伤春，不如怜取眼前人。"你说，我怀了一个非常远大的理想，你总是向往那个远大的理想，你看远方的山河，心怀那个远方的爱人，可是你是白白地怀念，你所怀念的远人不会因为你站在这里看眼前的山河，那远行人就回来，或者你就能到远方去，这是"满目山河空念远"。现在春天快要过去了，花都落了，你在这里伤春，"落花风雨更伤春"。表面上看，你"念远"是空的，何况更加上"伤春"，这是两重的悲哀。你远方的追求没有得到是一个悲哀，现在你又不能把春天留住，已经是落花风雨更伤春，这是两重的悲哀。古人的词真是在那些微言的地方轻叩你的心灵。"更"是两重的意思，这个"念远"再加上那"更"是"伤春"。可是你要注意到它前面有一个"空"字，这"空"字也是连下来的，你"念远"是空的，"伤春"也是空的。你只是坐在那里伤春，你是白白地伤春；你只光是想的话，这都是白想。"念远"是空，"伤春"也是空。"不如怜取眼前人"，你要掌握的其实应该是现在。

我开头就已经说过了，中国的诗词虽然写的是美女跟爱情、或伤春怨别，可是它都有深一层的意思。你不要只把"眼前人"看成只是现实的一个美丽的女子，"眼前人"其实就是你目前所能掌握的一切。比如说我眼前追求的可以是功名，也可以是利禄，也可以是一个眼前你所爱的人，你当然都可以去追求，你所追求的"眼前人"是什么？你要知道什么才是有长久意义的"眼前人"。当然利禄财富你现在眼前看它很好，但是它逃不过刀兵、水、火、恶王、盗贼等，它可能一下子就消失了。你所爱的人你当然觉得很好，眼前有一个自己所爱的人，但是人生当然有生离死别，这还是说对方的感情不变，你还是不能避免有生离死别，何况人的感情是会变的，只要是你把你所追求的投注到外物上，而外物都是可变的，都是无常的，都是不可靠的。所以一切学道的人所追求的是什么？是"反求诸己"。只要你自己的完成，并不是说你发了财了，做了官了，这就叫完成，这都还是外物。你自己的完成，是你自己的品性、人格真正地达到了完美修养的境界，这才是谁也夺不走的，是永远不会改变的，你只有增加，而不会消失。这也就是儒家所追求的"道"。

现在西方人文哲学有一个学者叫作亚伯拉罕·马斯洛（A. H. Maslow），他写了一本书叫作《动机与人格》（Motivation and Personality），提出了自我完成（self-actualization）的说法，他把人的追求分成几个层次：你最基本的追求应该是维持生命，如衣、食温饱；再进一层则是归属的追求，比如说你要有一个家，有一个归属，或归属一个团体；再进一层则是你要有一个事业，或是你有什么理想，你有很多很多的追求；而最高层次的追求则是自我完成的追求，他说当你达到了自我完成的境界的时候，你不必别人来给你说教，那些外物对你来说就都不重要了。所以陶渊明有两句诗说"敝庐何必广，取足蔽床席"。他说，我的这一个草屋不一定要很大，我只要能有安身之处就好了。生存当然是最基本的一定要有，但是当你达到了自我完成的境界的时候，那些外物就都不足道了。《庄子》的道家思想中也曾有一个故事，中国的哲学和西方的哲学是很不一样的，西方的哲学是很思辨性的，都是理论，有很广大的理论的架构。可是中国的子书里面都是小故事，你看那诸子的寓言都是些小故事。《庄子》里有一篇以列子做了一个比喻：他说列子是御风而行。他说列子在天上是驾着风而飘行的，"泠然善也"，这当然是很好。"泠然"，是在天上飘的样子，这当然不错，这种味道是很好的。但是他说列子不够彻底，因为列子仍是"犹有所待者也"，列子还是要等外边的条件配合才能完成自己，他要有风他才能够在天上飘，如果那天没有风呢？那他就飘不起来了。所以《庄子》所说学道的人是"无待于外"，你不要等着外物来完成你，不管你所追求的是利禄，是功名，甚至于是爱情，不管你所追求的是什么，只要你所期待的是外物，外物都是不可靠的，所以要能"无待于外"。

后来的韩愈写过一篇很有名的文章是讲儒家的道理，叫《原道》。他说："博爱之谓仁，行而宜之之谓义，由是而之焉之谓道，足乎己，无待于外之谓德。"他讲的是儒家的道理。"博爱之谓仁"，你对于天地万物的一切爱心叫作"仁"。你所做的事情都是恰当的，都是合乎道理的，"行而宜之之谓义"。"由是而之焉"，"之"是往的意思。你就按着这个仁和义的道理去走，这就是"道"了。"足乎己"，你自己在你自己的生命之中找到充实和完成，就"无待于外"，你不必再等待外界来完成你自己，"足乎己，无待于外之谓德"。所以我们刚才讲到的晏殊那首词"满目山河空念远，落花风雨更伤春，不如怜取眼前人"。为什么孔子说："朝闻道，夕死可矣！""道"究竟是一个什么东西？为什么说早上得了真理，就是晚上死了也都没有遗憾？这就是你真正找到了你自己，你不再盲目地向外去追求。人生在无常的消逝之中你追求的是什么？他说："今日非昨日，明日复何如？蓦来真悔何事，不读十年书。"而你为什么不读书？因为古人所说的读书，正是追求这种自我的完成。古人的读书是为了学道，这是非常重要的一点。我觉得你如果从小培养你的小孩有一个读书的习惯，而这个读书不是只读那些《蝙蝠侠》之类的书，而是取古今中外文学、哲学这样的书，培养他的感情，培养他的修养，那么你的小孩将来不管在什么环境之中遇到挫折患难，那他还是会找到他自己的方向；但是如果你没有这样培养他，他没有这种认识、没有这种修养，一旦遇到了挫折患难，他就失落了他自己。所以这个读书十年，并不是为了拿个博士学位，拿了博士学位如果你读的只是知识，只是技能，对于你的人生是没有补助的。你在你的知识技能以外，你应该学学体会中国古人所说的读书，你要找到你自己，"蓦来真悔何事，不读十年书"。

"为问东风吹老，几度枫江兰径，千里转平芜"，这里他又用了一个典故，在《楚辞》里边有一篇叫《招魂》，这是宋玉的作品，他写《招魂》据说是为招屈原的魂魄。他里面有这样的几句："朱明承夜兮，时不可以淹，皋兰被径兮斯路渐，湛湛江水兮上有枫，目极千里兮伤春心，魂兮归来哀江南。"他说："朱明承夜兮，时不可以淹。""朱明"就是太阳。昼夜的循环，也是说光阴的无常。朱明也就是太阳，是接着夜晚就来了。"时不可以淹"，时间是不会停留的。"淹"，就是停留。宇宙日出日落的循环，光阴是不会停止的。"皋兰被径兮斯路渐"，"皋兰"，就是低洼的湿地，长满了兰花香草。"被"，是遮盖的意思。"斯路渐"，"渐"在这里读 jiān。也就是说，这一条长满了兰花香草的小路，被水给淹没了。《楚辞》里的美人香草都是喻托，兰花也就是香草，而香草代表美德。路上虽然长满了香草，但是这条路已经被水给淹没了，你找不到芳草了。"朱明承夜兮，时不可以淹，皋兰被径兮斯路渐"，光阴是消逝了，而长满兰花的这条小路，被水给淹没了。"湛湛江水兮上有枫，目极千里兮伤春心"，"湛湛"，是水盛多而且清澈的样子，江岸上面长满了枫树。站在江边上远望千里，你看到春天来了，看到枫叶的生长，你就想屈原啊！你为什么不回来？"魂兮归来哀江南"，你的魂魄是应该回来的啊！这是宋玉招屈原的魂魄，有这样的几句话。这一则是说光阴无常的消逝，一则是说你所追求的美好道路可能给水淹没了。可是宋玉最后说，你屈原应该找到你自己，在江南你的魂魄应该归来。

现在张惠言用《楚辞》的典故，"为问东风吹老，几度枫江兰径"，春天来了，春天又走了。春风吹老了，吹老了什么？吹老了"枫江兰径"，这是《楚辞》里的话。湛湛江水上的枫树，皋兰长满了径的兰花香草。每一年枫叶长了出来，先是绿色，后来又转成红色，然后一年就这么过去了；每一年小径上长出了兰草，然后又是一年过去了。所以"千里转平芜"，目极千里兮，你看这么广大的一片草木，有江水、有枫树、有皋兰。这一片平原上的平芜，那些个草木。"芜"，平原上的草木。"转"，在转变。你看看，每一年叶子长出来了，每一年叶子落了。每一年花开，每一年花落。在东风之中把这些植物吹开了，又把它们给吹落了，吹老了。

"几度"，有多少年？有多少个春天？你看到平原上的转变，"几度枫江兰径，千里转平芜"。

"寂寞斜阳外，渺渺正愁予"，在这种时光消逝之中，在你对于那些美好事物的追求之中，时间过去了。"寂寞斜阳外"，人生就像罗贯中的《三国演义》前面所说的"青山依旧在，几度夕阳红"，多少日出日落在寂寞的斜阳落下去以后，寂寞的斜阳外！什么叫作"斜阳外"？欧阳修有两句词说是"平芜尽处是春山，行人更在春山外"；范仲淹也曾说："山映斜阳天接水，芳草无情，更在斜阳外。"芳草绿到天边，无情无知的芳草一直蔓延到那夕阳落照之外。还有柳永有一首词说："夕阳鸟外，秋风原上，目断四天垂。"柳永在仕宦上一直很不得意，他的一切追逐都落空了。他说，当秋风在一大片的原野上吹了起来，那些鸟虽然可以飞得很远，可是斜阳落下去的尽头比鸟飞的地方还更远。我眼睛望断了四面水平线天地交接的地方，都是这样地寂寞，这样地荒凉。所以张惠言也说了，他说"寂寞斜阳外"，我们所追求的，你望断了天外的斜阳，你所追求的还在斜阳之外。"寂寞斜阳外，渺渺正愁予"，因为你所追求的还在斜阳之外，所以他说"渺渺正愁予"。"渺渺"与"眇眇"相通，"眇眇"跟"愁予"都是出在《楚辞·九歌·湘夫人》。《湘夫人》的头两句说："帝子降兮北渚，目眇眇兮愁予。"古时楚地之人都是信鬼而好巫，所以《九歌》里有很多都是祭祀天地的各种鬼神的。"帝子"就是湘夫人，她们是帝尧的女儿所以叫帝子，她们的名字叫娥皇和女英，死后成为湘水之神。他说，你远远地看见那湘水上的女神仙从天上降下来，降在北边的小沙洲上，但是我看不清楚。"眇眇"，是眼睛眯起来极目向远处看的样子。"愁予"，使我觉得愁苦。我好像看到有一个美丽的影子降下来了，可是那么遥远我看不清楚。所以"渺渺正愁予"，张惠言用的都是古人的语句。

我现在要再讲西方的一个文学理论。我刚才讲修养，中国人讲修养，是你要找到你自己，像韩退之所说"足乎己，无待于外之谓德"。西方的人文主义哲学家亚伯拉罕·马斯洛讲的self-actualization，这中西观念有相似之处。那么，我现在讲张惠言讲了这么多天了，我每次都引了别人很多诗词，我为什么要这样讲？这个我也应用了西方的一个文学理论叫作互为文本（intertextuality），text 是一篇文章，也可以说是本文。我们现在讲的张惠言这五首词就是 text，也就是本文。可是在西方的近代文学理论之中，他们对于 text 有另外的一种观念，就是它不只是代表一篇现成的文章。他们把 text 看成是活动的，不断演化的一个本体。它是用文字所构成的，它是本身有生命不断在活动，不断在变化的本体，所以我们把它翻译成本文就不大好，现在有人把它翻译成文本。很多人不明白本文跟文本有什么分别。本文是已经印出来是一篇死板的东西，文本是用文字组织成功的，活动的，不断演化之中的一个本体。这是法国的一个学者罗兰·巴特（Roland Barthes）的说法。他所提出的理论是说文字是活动的，不断的活动本体。

另外还有一个法国的女学者，是一个文学理论家叫作茱莉亚·克里斯特娃（Julia Kristeva），她说文本之间可以互相有关涉，你现在这一篇文本可以跟过去所有的各种文本连贯在一起，这叫"互为文本"（intertextuality）；就是这个文本里面有那个文章的文本。克里斯特娃说这种现象就像欧洲的一种艺术叫 mosaic；这是一种小方块石头拼成的艺术。她说每一个 text 就好像是个 mosaic，它是由很多小石头拼成的，而每一个小石头都有它的背景，都有它的传统，都有它的联想，她认为诗歌一定要用这种方法来诠释。而我认为特别是词，因为词不是说一就是一，说二就是二，不是那么简单的。它是"兴于微言"，正是由文本中一些语言符号引生了许多微妙的作用，中国其实也悟出这个道理，不过它没有西方这么精密的理论来印证。

张惠言提出来的"兴于微言，以相感动"，就是让你看起来一点也不重要的那些个用字，但是每一个字，也就是每个语言符号都可以引起你很多的感发，都可以引起你很丰富的联想，这是很微妙的。所以张惠言说："寂寞斜阳外，渺渺正愁予！"这用的是《楚辞·九歌》的句子。那是表示对于远方的一种期待，你好像看见，又好像看不清楚，真是使人哀愁！"帝子降兮北渚，目眇眇兮愁予"。

"千古意，君知否？只斯须。名山料理身后，也算古人愚"，我刚才说过词不像诗是那么的显意识，所以这"千古意"也有多种的可能性，有很多的可能性。这"可能性"在西方的文学理论也自成说法，它有一个名词叫 potential effect，提出来这个名词的是一个德国的文学批评家 Wolfgang Iser，就是在文本里面它给了读者这种可能性，作者的显意识里有没有这个意思你暂且不要去管他，主要是文本之中起了作用。刚才我们讲过，text 我们不说本文而是说成文本，因为它是活动的，它是有生命的，而且它的生命有待读者去完成，它这种活动要在读者之间去完成，是读者读它的时候感觉到这么多的可能性，其实中国的小词是最适合西方最新的文学理论的。现在我们再回头来看："千古意，君知否？只斯须。"我们在讲第二首的时候说"百年复几许？慷慨一何多"，真是"生年不满百，常怀千岁忧"，这"千古意"也就是说你为千古而忧愁。"君知否？只斯须"，你知道不知道？这几千年从人的观点看起来是很漫长悠久的，可是在整个大的宇宙时间观来说，这"千古"也只是片刻的时间而已，千年也只是一刹那之间罢了。你纵然怀有千岁忧愁的"千古意"，可是你知道吗？你自己是短暂的，你纵然有千古之意，但你的生命"只斯须"。而人只有百年有限的生命却要做千古无穷的追求，人生是年命无常，而人这种生物总是想在无常之间追求永恒，所以有各种宗教就针对这个给我们答案。佛教说有轮回，基督教说有永生，道教说有长生，就因为人总是在无常之中要追求永恒，可是人其实是无常的，其实是短暂的。所以他说："千古意，君知否？只斯须。"你纵然有千岁忧，可是你知道吗？你才有这么短暂的生命。

"名山料理身后，也算古人愚"，那么怎么在无常之中追求永恒呢？基督教说有永生，佛教说有来生，道家说有长生。而儒家告诉你什么？人生都是在无常之中追求永恒，其他的宗教都给你一个答案。而儒家说什么？儒家是说不朽。你生命虽然朽坏了，但是你的精神可以留下来。所以儒家说："太上有立德，其次有立功，其次有立言。"儒家所追求的就是这三不朽。要追求立言的不朽是"名山料理身后"，这也是司马迁所追求的不朽。司马迁受到了腐刑，他说这是人生最不堪受的污辱，而我之所以不立刻自杀，我所以忍辱苟活，就因为我要写的《史记》没有完成。所以他说，我要把我的《史记》写出来，我的《史记》要究天人之际，要通古今之变，成一家之言，我说的话是人家没有说过的，我写的作品是人家未曾写过的。但是我写出来后，你们看不看呢？人家也许不看；看了以后懂不懂呢？大家也许不懂。但是司马迁自我安慰，如果大家都不看，那我要"藏之名山，传之其人"。我的书你们现在不看，我要把它藏之名山里面，将来会有人看懂的。总而言之这些读书人现在追求不到，想要求仕也不得，而人的生命这么短促，你常怀千岁忧，"千古意，君知否？只斯须"。但我现在虽然短暂，但我可以不朽，我可以立言，我可以藏之名山，传之千古，就像司马迁所做的一样。"名山料理身后"，你要自己整理著作出书，留在你的身后，可是张惠言又说了"也算古人愚"一句。这是古人的一种傻气，杜甫说李白，就算千古以后有人读了你的书，那也是"千秋万岁名，寂寞身后事"！李白哪里去了？这是千秋万岁名，也是寂寞身后事！

　　所以这"名山料理身后，也算古人愚"，我开始就说，我要讲这五首词是要透过张惠言的词，看中国传统文化之中的士人他们的修养和感情心态。"名山料理身后，也算古人愚"。他常常写到追求的落空，可是张惠言他总是马上就拉回来，"一夜庭前绿遍，三月雨中红透，天地入吾庐"，你不要管千年万世以后怎么样，千年万世以后谁也无法预知。他说，可是眼前，就是现在，你当下就得到了。"一夜庭前绿遍"，今天晚上一阵春雨过后，你的院子前面就长满了青草。"三月雨中红透"，三月的时候沐在如膏春雨中的花，是那么灿烂鲜明。就在这样美丽的景色之中，你找到了你自己，不但找到了你自己，你跟天地宇宙合而为一。天地与我并生，万物与我为一。"天地入吾庐"，天地宇宙的生命、生机都来到我的房子里面了。"吾庐"，是我的房子。他表面是说天地的生机来到我的房子里，其实"吾庐"也就是我的心，我的心里接纳了天地，宇宙天地就来到了我的心中。入吾庐是要先入吾心，你才能入吾庐。

"容易众芳歇，莫听子规呼"，他时时勉励他的学生要及时努力，你要知道光阴是容易消逝的，繁华是容易消歇的，很容易众芳就会落尽，你不要等到听到子规叫的时候才后悔。"子规"，就是杜鹃鸟。古人说如果子规叫那春天就将消逝了，所以你要掌握现在。我刚才引了晏殊的那几句词："满目山河空念远，落花风雨更伤春，不如怜取眼前人。"而"眼前人"是什么？眼前人不是那些平常的外物，是一个真正属于你自己的一个永恒的东西。你要珍惜的是现在，"容易众芳歇，莫听子规呼"。

好，现在我们讲最后一首；我先把它念一遍。

长镵白木柄，劚破一庭寒。三枝两枝生绿，位置小窗前。要使花颜四面，和着草心千朵，向我十分妍。何必兰与菊，生意总欣然。

晓来风，夜来雨，晚来烟。是他酿就春色，又断送流年。便欲诛茅江上，只恐空林衰草，憔悴不堪怜。歌罢且更酌，与子绕花间。

"长镵白木柄，劚破一庭寒。三枝两枝生绿，位置小窗前。要使花颜四面，和着草心千朵，向我十分妍。何必兰与菊，生意总欣然"，这真是张惠言的见道之句。你留住一片春天在你的心里边不走了，那是"花落春犹在"。"花外春来路，芳草不曾遮"、"天地入吾庐"……他都是用外表的形象来表现的。

"长镵白木柄"，一个很长的铲子，有一个白色的木柄，就像我们冬天用来铲雪的铲子。而他为什么要说长镵是白木柄呢？张惠言真是无一字无来历，他是引用了杜甫的《乾元中寓居同谷县作歌七首》里的"长镵长镵白木柄，我生托子以为命"。杜甫曾经流落到同谷县，几乎被饿死了，他家既没有粮食，也没有衣服，同谷县那年山中又下大雪，一大家子的家眷都饥寒交迫。没有东西吃怎么办呢？杜甫就到山中去挖黄独根来吃。他说，我这个本来是想要致君尧舜的杜甫，现在落得只有这一把长镵，我现在就靠着你这把长镵来维持我们这一家子的生命。因此杜甫说："长镵长镵白木柄，我生托子以为命。"这是杜甫写的诗，是他自己亲自的生活经历。我现在没有时间专来讲杜甫，我只是说张惠言用的是杜甫的诗句，为什么是"长镵白木柄"？你要知道"长镵白木柄"当初杜甫写的就是饥寒交迫的景况，这表示什么呢？这表示是在贫困之中最简单最朴素的一种谋生工具。所以张惠言说，我们固然没有什么金银锦绣之类的细软，但是你如果有一把长镵白木柄，只要你有这一把铲子，你就可以"劚破一庭寒"，你就可以种出有生命的东西来。只要你有一把最朴素、最简单的铲子，你就可以找到生命，你就可以用这把铲子"劚"，就是砍破、挖破的意思。你就可以把那满院子的寒冷都赶走，你就用这铲子可以打破封锁你的所有的寂寞和寒冷。你用它干什么？你可以用它找到生命，你可以用它种出美丽的花草，你只要用这把最简单的长镵白木柄，你就可以打破一庭的寂寞和寒冷。你可以种出来"三枝两枝"，你也许不能够种出一大片的树林，但是种它三枝两枝有绿颜色的生命。他的字眼用得都很好。他不说三枝两枝花草，他说："三枝两枝生绿"，有生命绿颜色的植物"位置小窗前"。你种出几株绿意盎然的植物，然后把它栽植在你的窗前、放在你的窗前。

"要使花颜四面，和着草心千朵，向我十分妍"，你亲手种出来的花草，你要使你的花开出来，那个花的颜面，那个花朵向着四方都开出来。还伴着那草中间的草心，他用"草心千朵"就是形容那样的集中在中间。我要举杜甫的两句诗，他说："种竹交加翠，栽桃烂漫红。"我杜甫种出来的竹子要它长得那样交加的翠绿，我要我栽出来的桃花，像喷火似的那样灼灼烂漫。你用自己的劳动、用自己的手找到生命。所以张惠言说，我虽然只有一把"长镵白木柄"，但是我可以"劚破一庭寒"。我要种出来"三枝两枝生绿"，把它栽在我的窗前，"位置小窗前"。我"要使花颜四面"，这"颜"字用得好，"四面"用得好。这种精力的饱满、这种投注的热情，就像杜甫说的"种竹交加翠，栽桃烂漫红"。交加、烂漫、花颜四面、草心千朵，这表现了激越投注的热情而且"向我十分妍"，我自己亲手种的花草，它们对着我显得那么可爱，那么美丽。"妍"，美丽的样子。

"何必兰与菊，生意总欣然"，你何必一定要种什么兰花？何必一定要栽什么菊花？何必一定非栽那些高贵的植物不可？你大可不必要如此，你只要有你的生命就好了。"何必兰与菊"？只要有了生命，有了"三枝两枝生绿"，"生意总欣然"，哪怕就是花落了，春天还是常在你身边的。

"晓来风，夜来雨，晚来烟。是他酿就春色，又断送流年"，张惠言这五首词真是反复零乱。因为人，他有他得道的境界，可是他也有迷惑不悟的时刻。细看张惠言一生的生平，他小的时候孤寒、困苦、贫穷、失意、挫折。他写这五首词的时候，他还没有通过科举进士的考试。不错，我是想生命奋进，我要种出"三枝两枝生绿"，可是人生！人生有多少困苦？有多少风雨？在中国的文学传统常常用风雨表示人生遇到的挫折患难，如辛弃疾说"可惜流年，忧愁风雨"，本来年华已似流水，一去不返，何况在流逝的年华之中，还有那么多的挫折忧患。所以李后主的词说是"林花谢了春红"，花本来就是无百日红，总是要凋落的，这还不说，还要"无奈朝来寒雨晚来风"。花，本已是无常，在无常之中还要忍受风雨的摧残。风雨是你人生之中的忧患，你栽种出来"三枝两枝生绿"它"位置小窗前"，可是它又有"晓来风，夜来雨，晚来烟"，这个环境实在非常恶劣，有风、有雨、有烟、有挫折、有苦难、有哀愁。

"是他酿就春色，又断送流年"，可是人的一生，就是要在风雨忧患之中完成你自己。孟子说："生于忧患，死于安乐。"有时候人是要在挫折忧患之中，你才会对于人生有更为深刻的反省和觉悟。法国有一位小说家叫法朗士（Anatole France），他曾说，如果一个女人，她一生连一次大病都没害过，那么这个女人一定是非常肤浅、非常庸俗的。要是以我们世俗的眼光来看，这个女人应该是非常幸福才对。他的意思是说你要在忧患之中，你才会对人生有反省，才有更深刻的认识。"晓来风，夜来雨，晚来烟"，"是他酿就春色"，就是在这种风雨烟霭之中，它酝酿，像做酒一样，造成了这样美丽的一片春光，春光就在风雨烟霭之中。可是也就在这个风雨忧患之中断送了流年，这无常的光阴消逝了。可是你所追求的都没有得到，像张惠言他的志意、他的理想也都还没有完成。那么他又打算怎么样呢？

"便欲诛茅江上，只恐空林衰草，憔悴不堪怜"，张惠言又说了，既然功名、富贵、利禄都不属于我们所有，我们的功名事业，我们的治国、平天下的理想，我们都没有得到，我们就放弃它们吧！我们都不要追求了，我们就"诛茅江上"，我们躲开这喧嚣的世界，我们跑到江边上一个寂寞荒凉的地方，"诛"，就是砍的意思。我砍了很多茅草在江边上盖了一个房子。"诛茅江上"是杜甫的一句诗"诛茅卜居总为此"。杜甫说，我要砍一些茅草，在这个地方盖一所屋子，因为这江边的风景很好。张惠言也说"便欲诛茅江上"，我不再追求了，我就找一个地方去隐居。但词到这里他又一个转折，他都是反复的，都是用两方面来说的。

"只恐空林衰草，憔悴不堪怜"，我只恐怕那个时候，江边的茅屋面对的只有空林衰草，那样的憔悴，那样的荒凉，那样的寂寞，已经不值得我们留恋了，"憔悴不堪怜"。这又说到哪一点呢？我们前面不是说要透过这五首词来讲儒家的修养，士人的感情心态吗？孔子说过一句话："鸟兽不可以同群，吾非斯人之徒与而谁与？"就算我们去隐居到山林里边，我们跟那些花草啦、鸟兽在一起做伴不好吗？孔子说："鸟兽不可以同群。"鸟兽不是我们的同类，"非斯人之徒与"，我如果不是跟这样的人类在一起，那我要跟什么在一起呢？我们是人类，我们应该关怀人类。我离开人类去跟草木、鸟兽去做伴侣，鸟兽不可以同群。这也是苏东坡的那首《水调歌头》说的："我欲乘风归去，又恐琼楼玉宇，高处不胜寒。起舞弄清影，何似在人间？"我要想避开人世，人世不可爱，我不要人世了。可是你是人，你怎能够不关怀人世？你怎能够不为人世做事？所以就算"诛茅江上"，也"只恐空林衰草，憔悴不堪怜"。

"歌罢且更酌"，想到人生的这么多问题，我这五首词就好似一曲长歌，我的歌唱完了，我们两人再来喝一杯酒，"与子绕花间"，我们珍重眼前美丽的春色，美丽的生命，我和你再到山林花木之间绕行一周，珍重我们现在拥有的宝贵生命。

好！现在我们讲完了张惠言的五首《水调歌头》。他是叙说我们中国儒家的读书人，他们的追求，他们的不得志，他们的忧患，他们的愤慨。同时也显示出了他们那种得道的快乐，他们内心的那种充实和满足。张惠言的这五首词之所以好，是因为张惠言本身确实是有这样的一种生活的体验，有这样生活的反省，有这样生活的感受。这是那些没有经历过如此生活体验的人所不能理解和相信的。记得多年前我读过一篇犹太裔德国作家卡夫卡（Franz Kafka）的短篇小说，题目是《绝食的艺术家》。故事中说一个不肯吃人间烟火的人，是因为他看到食物就有欲呕的感觉，但没有人相信他的绝食，因为我们都吃，他怎能不吃呢？这也正如一只羊对老虎说，我只吃草不吃肉，但以血肉为食的老虎怎会相信呢？在竞相逐利的社会中，和他们说学道自足之乐，他们会相信吗？但就张惠言而言，则这种快乐乃是真实可信的。